କଳାବତୀ

କଳାବତୀ

ଅପର୍ଣ୍ଣା ପଣ୍ଡା

ସଂପାଦନା ଓ ସମୀକ୍ଷା

ଅଧ୍ୟାପକ ଡକ୍ଟର କୃଷ୍ଟଚରଣ ବେହେରା

ବ୍ଲାକ୍ ଈଗଲ୍ ବୁକ୍ସ

ଭୁବନେଶ୍ୱର, ଓଡ଼ିଶା

BLACK EAGLE BOOKS

Dublin, USA

କଳାବତୀ / ଅପନ୍ନା ପଣ୍ଡା

ବ୍ଲାକ୍ ଇଗଲ୍ ବୁକ୍ସ : ଭୁବନେଶ୍ୱର, ଓଡ଼ିଶା ● ଡବ୍ଲିନ୍, ଯୁକ୍ତରାଷ୍ଟ୍ର ଆମେରିକା

BLACK EAGLE BOOKS

USA address:
7464 Wisdom Lane
Dublin, OH 43016

India address:
E/312, Trident Galaxy, Kalinga Nagar,
Bhubaneswar-751003, Odisha, India

E-mail: info@blackeaglebooks.org
Website: www.blackeaglebooks.org

First Edition : 1902
Second Edition: 1981
International Edition Published by
BLACK EAGLE BOOKS, 2025

KALABATI
by Apanna Panda

Copyright © BEB

Cover & Interior Design: Ezy's Publication

ISBN- 978-1-64560-809-7 (Paperback)

Printed in the United States of America

We are thankful to

SEEDS

Sustainable Economic and Educational Development Society (SEEDS)
www.seedsnet.org
info@seedsnet.org

for their generous support
towards the publication of this book

ମୁଖବନ୍ଧ

ଚକ୍‌ ଚକ୍‌ ଝଟକୁଥିବା ସବୁ ଜିନିଷ ସୁନା ନୁହେଁ; 'ଉପନ୍ୟାସ' ବୋଲି କଥିତ ସବୁ ବହି ଉପନ୍ୟାସ ନୁହେଁ। ଆମ ସାହିତ୍ୟରେ କେତେକ କାହାଣୀ ବା ବଡ଼ଗଳ୍ପକୁ 'ଉପନ୍ୟାସ' ନାମରେ ଚଲାଇ ଦିଆଯାଇ ଥିବାର ପରିଲକ୍ଷିତ ହୁଏ। ଉଭୟେ ଲେଖକ ତଥା ସମାଲୋଚକ ଏହି କାର୍ଯ୍ୟ କରିଥିବାର ଜଣାପଡ଼େ। ଅନବଧାନବଶତଃ ବା ଆପଣ ଅଜ୍ଞାତସାରରେ ଲେଖକ ଏହା କରି ଥାଇପାରନ୍ତି। କିନ୍ତୁ ସମାଲୋଚକ ପରୀକ୍ଷା କରି ଦେଖିବାର କଥା-ବହିଟି ପ୍ରକୃତରେ ଉପନ୍ୟାସ କିମ୍ବା କାହାଣୀ! ପ୍ରଚଳିତ ମାନଦଣ୍ଡରେ କେଉଁ ରଚନାଟି କି ଧରଣର ସାହିତ୍ୟକୃତି, ତାହା ସାଧାରଣତଃ ସମାଲୋଚକ ଏବଂ ସାହିତ୍ୟ-ପତ୍ରିକାର ସଂପାଦକମାନେ ବିଚାର କରି ଦେଖିଥାଆନ୍ତି। ଏହା ସତ୍ତ୍ୱେ ଆମ ସାହିତ୍ୟର କେତେକ କାହାଣୀକୁ ଉପନ୍ୟାସ ବୋଲି ପ୍ରଚାର କରାଯାଇଥିବା ବିସ୍ମୟର କଥା। ଉଦାହରଣ ସ୍ୱରୂପ- 'ମୁକୁର' ପତ୍ରିକାର ପ୍ରଥମ ଭାଗ ଦଶମ / ଏକାଦଶ ସଂଖ୍ୟାରୁ ଧାରାବାହିକ ପ୍ରକାଶ ପାଇଥିବା 'କବିତ୍ୱ ବିସର୍ଜନ' ଉପନ୍ୟାସ ନାମରେ ଚିହ୍ନିତ ହୋଇଥିଲେ ହେଁ, ତାହା ପ୍ରକୃତରେ ଏକ ବଡ଼ ଗଳ୍ପ ବା କାହାଣୀ। କୁନ୍ତଳାକୁମାରୀଙ୍କର ପରଶମଣି, ଭ୍ରାନ୍ତି, କାଳୀବୋହୂ, ନଅତୁଣ୍ଡୀ ଗୋଟିଏ ଗୋଟିଏ କାହାଣୀ ହୋଇଥିଲେ ମଧ୍ୟ ଉପନ୍ୟାସ ଅଭିଧାରେ ଚିହ୍ନିତ ତଥା ଆଲୋଚିତ ହୋଇଛି। ସେହିପରି ଅପନ୍ନା ପଣ୍ଠାଙ୍କ 'କଳାବତୀ' ଏକ ବଡ଼ ଗଳ୍ପ, କିନ୍ତୁ ସମାଲୋଚକ– ଦୃଷ୍ଟିରେ ରଚନାଟିର ଜାତି ଧରାପଡ଼ି ନାହିଁ; ତେଣୁ ଉପନ୍ୟାସ ପର୍ଯ୍ୟାୟରେ ତାହାକୁ ଅବସ୍ଥାପିତ କରିଯାଇଛି।

କାହାଣୀ ବା ବଡ଼ ଗଳ୍ପ, ଉପନ୍ୟାସର ସମଗୋତ୍ରୀୟ ହୋଇପାରେ । ତଥାପି ସମଗୋତ୍ରୀ ମଣିଷଙ୍କ ମଧ୍ୟରେ ପାର୍ଥକ୍ୟ ଥିବାପରି ଏମାନଙ୍କ ମଧ୍ୟରେ କେତେକ ପାର୍ଥକ୍ୟ ରହିଛି । ଆଖ୍ୟାନ-ଭାଗର ଦୈର୍ଘ୍ୟ ଦୃଷ୍ଟିରୁ କାହାଣୀଠାରୁ ଉପନ୍ୟାସ ତ ବଡ଼ ହେବ ! ତାହା ବ୍ୟତୀତ ଏଥିରେ ଶାଖା ପ୍ରଶାଖାଯୁକ୍ତ ଦୃଶ୍ୟ ବା କଥାନକ, ଜଟିଳ ଘଟଣା-ବୟନ, ସମାଜ-ଜୀବନର ବ୍ୟାପକ ବିସ୍ତୃତ ପଚଭୂମି, ପୁଙ୍ଖାନୁପୁଙ୍ଖ ବର୍ଣ୍ଣନାର ବୈଚିତ୍ର୍ୟ ଆଦି ସ୍ଥାନଲାଭ କରିଥାଏ । ସାଧାରଣତଃ ଏହି ପ୍ରଚଳିତ ମାନଦଣ୍ଡରୁ ସର୍ବତ୍ର କାହାଣୀ ଓ ଉପନ୍ୟାସ ମଧ୍ୟରେ ପାର୍ଥକ୍ୟ ନିରୂପିତ ହୋଇଥାଏ । ମାର୍କିନ୍ କଥାକାର ହେମିଂଓ୍ୱେଙ୍କର The Old Man and the Sea (୧୯୫୨) ସେହ ଦୃଷ୍ଟିରୁ ସମାଲୋଚକଙ୍କଦ୍ୱାରା କାହାଣୀ ବା ବଡ଼ ଗଳ୍ପରୂପେ ଚିହ୍ନିତ ହୋଇଛି, କିନ୍ତୁ ତାଙ୍କର For whom the Bell tolls (୧୯୪୦) ଉପନ୍ୟାସ । ଆମ ସାହିତ୍ୟରେ 'ଉପନ୍ୟାସ' ନାମରେ ଚିହ୍ନିତ ସେହିପରି ଏକ ଉଲ୍ଲେଖଯୋଗ୍ୟ ଉଚ୍ଚକୋଟୀର କାହାଣୀ ବିଷୟରେ ବର୍ତ୍ତମାନ କିଞ୍ଚିତ୍ ଆଲୋଚନା କରାଯାଉଛି ।

ପ୍ରାୟ ପଞ୍ଚସ୍ତରୀ ବର୍ଷ ତଳେ ପ୍ରକାଶିତ ଏହି ପୁରୁଣା ବହିଟିକୁ ସ୍ୱୟଂ ଲେଖକ କେଉଁଠି 'ଉପନ୍ୟାସ' ବୋଲି କହିଥିବାର ଜଣାନାହିଁ । * ବରଂ ଭୂମିକାରେ ଶ୍ରୀ ପଣ୍ଡା ଏହାକୁ ଖାଲି 'ଗଦ୍ୟ' ବୋଲି ନାମିତ କରି ଲେଖିଛନ୍ତି-"ସଙ୍ଗୀତ ଓ ପଦ୍ୟ ଲେଖିବାର ଅଭ୍ୟାସ ଅଛି, ମାତ୍ର ଗଦ୍ୟ ଲେଖିବାର ଅଭ୍ୟାସ ନଥିଲା । ଗଦ୍ୟ ଲେଖିବାର ଏହା ମୋହର ପ୍ରଥମ ଉଦ୍ୟମ; ଏଥିରେ ଭାଷାଗତ ଦୋଷ ଅନେକ ଥାଇପାରେ । ମହାଜନମାନେ ଦୟାପୂର୍ବ୍ବକ ଦୋଷ ଦେଖାଇଦେଲେ, ଦ୍ୱିତୀୟ ସଂସ୍କରଣରେ ପରିମାର୍ଜ୍ଜନା କରିଦେବି ।" ଲେଖକଙ୍କ ଜୀବଦଶାରେ ବହିର ବୋଧହୁଏ ଦ୍ୱିତୀୟ

---

* କଳାବତୀ- ଶ୍ରୀ ଅପନ୍ନା ପଣ୍ଡା, ପାରଲାକିମେଡୀ ଗଜପତି ପ୍ରେସରେ ଦୟାନିଧି ପଟ୍ଟନାୟକଙ୍କ ଦ୍ୱାରା ମୁଦ୍ରିତ (୧୯୦୨ ମସିହା), କ୍ଷୁଦ୍ରତମ (ଫୁଲସ୍କେପ ୧/୮) ଆକୃତି ବହିର ମୋଟ ପୃଷ୍ଠା ସଂଖ୍ୟା ୯୪ । ବହିର ମୂଲ୍ୟ ଦିଆଯାଇ ନାହିଁ ।

ବହିଟିର 'ଉତ୍ସର୍ଗ ପତ୍ର' ଏହିପରି:- "ଯେ ଉତ୍କଳ ହିତାକାଂକ୍ଷୀ, ସ୍ୱଦେଶପ୍ରିୟ, ଉତ୍କଳଙ୍କ ମଙ୍ଗଳ ସାଧନ ନିମନ୍ତେ ପ୍ରାଣପଣରେ କାର୍ଯ୍ୟକଳାପ ସାଧନ କରିବାକୁ ସଂକଳ୍ପ କରିଅଛନ୍ତି, ଯେ ଉତ୍କଳ ସାହିତ୍ୟର ଅଭାବ ମୋଚନାର୍ଥେ ସଙ୍ଗୀତ ଓ ନାଟକମାନ ରଚନା କରି କଳ୍ପନା ରାଜ୍ୟରେ ନିଜେ ଲେଖନୀ ଦଣ୍ଡ ପରିଚାଳନ କରୁଅଛନ୍ତି, ଯେ ଉତ୍କଳ ସାହିତ୍ୟ ସେବକମାନଙ୍କୁ ଉତ୍ସାହ ପ୍ରଦାନ କରିବାରେ ତ୍ରୁଟି କରନ୍ତି ନାହିଁ ଏବଂ ଯେ ନ୍ୟାୟର ପକ୍ଷପାତୀ, ସେହି ଗଙ୍ଗବଂଶାବତଂସ ମହାରାଜ ଶ୍ରୀ ପଦ୍ମନାଭ ନାରାୟଣ ଦେବଙ୍କ କରକମଳରେ ଏହି ପୁସ୍ତକଟି ବିନୀତ ଭାବରେ ଅର୍ପଣ କଲି ।"

ସଂସ୍କରଣ ହୋଇ ପାରିନାହିଁ। ପ୍ରଥମ ସଂସ୍କରଣର ବହି ବର୍ତ୍ତମାନ ଦୁଷ୍ପ୍ରାପ୍ୟ। କାହାଣୀଟି ମଧ୍ୟରେ ଗତ ଶତାଦ୍ଦୀର ଶେଷଭାଗ ଓ ଚଳିତ ଶତାଦ୍ଦୀର ପ୍ରାରମ୍ଭ ଭାଗର ସାମାଜିକ ତଥା ଜାତୀୟ ଜୀବନର ଆଲେଖ୍ୟ ଅଙ୍କିତ ହୋଇଥିବାରୁ ଏବଂ ଆମର ଆଧୁନିକ କଥା ସାହିତ୍ୟର ଏହା ଅନ୍ୟତମ ପ୍ରାଥମିକ ରଚନା ହୋଇଥିବାରୁ ଅତ୍ୟନ୍ତ ଗୁରୁତ୍ୱପୂର୍ଣ୍ଣ; ସେହି ଦୃଷ୍ଟିରୁ ବର୍ତ୍ତମାନ ପାଠକ-ସମାଜ ପାଇଁ ଏହାର ଦ୍ୱିତୀୟ ସଂସ୍କରଣ ପ୍ରକାଶ କରାଯାଉଛି।

ପ୍ରକୃତରେ 'କଳାବତୀ' ଉପନ୍ୟାସ ନୁହେଁ, ଚଉଦଗୋଟି ପରିଚ୍ଛେଦବିଶିଷ୍ଟ ଏକ କାହାଣୀ ବା ବଡ଼ ଗଳ୍ପ। ବହିଟି ପଢ଼ିସାରିଲା ପରେ ଏହାର ବିଂଶାଧିକ ବିଭିନ୍ନ ଚରିତ୍ର ମଧ୍ୟରେ ଏକମାତ୍ର କଳାବତୀ ଚରିତ୍ରଟି ପାଠକ ମନରେ ରେଖାପାତ କରିଥାଏ। ମଧ୍ୟପ୍ରଦେଶ ରାୟପୁରର ଜନୈକା ରୂପସୀ, ଗୁଣବତୀ ଝିଅ କଳାବତୀର ରୋମାଞ୍ଚକର ଦୁଃସାହସିକ ଭାରତ-ପର୍ଯ୍ୟଟନ ହିଁ ରଚନାର କଥାବସ୍ତୁ। ସେହି ଦୃଷ୍ଟିରୁ ଏହା ମଧ୍ୟ ଏକ ପ୍ରକାର ଭ୍ରମଣ-କାହାଣୀ ବୋଲି ଭ୍ରମ ହୋଇପାରେ।

ଶ୍ରୀ ଅପନ୍ନା ପଣ୍ଡା (୧୮୬୬?-୧୯୩୪) ଆମ ସାହିତ୍ୟ-ଇତିହାସରେ ଏକ ସୁପରିଚିତ ନାମ। ରାଜ୍ୟର ଅନ୍ୟତମ ସାଂସ୍କୃତିକ ପୀଠ ପାରଲାଖେମୁଣ୍ଡିରେ ତାଙ୍କର ଆବିର୍ଭାବ ହୋଇଥିଲା। କିଛିକାଳ ଶିକ୍ଷକ ଭାବରେ ସେ କର୍ମଜୀବନ ଅତିବାହିତ କରିଥିଲେ। ସେ ଥିଲେ ସ୍ୱଦେଶ-ପ୍ରେମୀ, ସଂସ୍କୃତବିତ୍ ଏବଂ ବହୁଶାସ୍ତ୍ରଜ୍ଞ, ପଣ୍ଡିତ ବ୍ୟକ୍ତି। ଶ୍ରୀ ପଦ୍ମନାଭ ନାରାୟଣ ଦେବ ଓ ଶ୍ୟାମସୁନ୍ଦର ରାଜଗୁରୁଙ୍କ ସହିତ ସେ ପୁନା ଜାତୀୟ କଂଗ୍ରେସ ଅଧିବେଶନରେ (୧୮୯୫ ମସିହା) ଓଡ଼ିଶାର ପ୍ରତିନିଧି ଭାବରେ ଯୋଗ ଦେଇଥିଲେ। 'କଳାବତୀ' ବ୍ୟତୀତ ସେ 'କବି ଜୀବନୀ' (୧୯୩୧), 'ଛନ୍ଦ ଚନ୍ଦ୍ରିକା' (୧୯୨୧), 'ଢଗମାଳିକା ତତ୍ତ୍ୱବୋଧିନୀ' (୧୯୩୧) ପ୍ରଭୃତି ଗ୍ରନ୍ଥ ରଚନା କରିଛନ୍ତି। 'ଛନ୍ଦ ଚନ୍ଦ୍ରିକା' ଓଡ଼ିଆ ଛନ୍ଦ ସଂପର୍କୀୟ ଆଲୋଚନାର ଏକ ପ୍ରାଥମିକ ଗ୍ରନ୍ଥ। ଦକ୍ଷିଣ ଓଡ଼ିଶାରେ ସେତେବେଳେ ଓଡ଼ିଆ ଭାଷା, ଛନ୍ଦ ବା ରାଗରାଗିଣୀ ସଂପର୍କରେ ଯେ ପ୍ରଚୁଳ ଆଲୋଚନା- ଚର୍ଚ୍ଚା ଚାଲିଥିଲା, ରଘୁନାଥ ପରିଚ୍ଛା, ଗୋପୀନାଥ ନନ୍ଦ, ଶ୍ୟାମସୁନ୍ଦର ରାଜଗୁରୁ, ଅପନ୍ନା ପଣ୍ଡା ପ୍ରମୁଖଙ୍କର ରଚନାଗୁଡ଼ିକରୁ ତାହାର ପ୍ରମାଣ ମିଳେ। ଶ୍ରୀ ପଣ୍ଡାଙ୍କର 'ଢଗମାଳିକା ତତ୍ତ୍ୱବୋଧ' ମଧ୍ୟ ଓଡ଼ିଆ ଢଗଢମାଳୀ, ପ୍ରବଚନାଦି ସଂଗ୍ରହ ଓ ସଂକଳନ କ୍ଷେତ୍ରରେ ଏକ ପ୍ରାଥମିକ ଉଦ୍ୟମ। ଏଥିରେ ପ୍ରତ୍ୟେକ ଢଗକୁ ସାନ ସାନ ଗଳ୍ପ ବା ଉପାଖ୍ୟାନ ସାହାଯ୍ୟରେ ବ୍ୟାଖ୍ୟା କରିଯାଇଛି। ୧୯୦୫ ମସିହା ସୁଦ୍ଧା ଶ୍ରୀ ପଣ୍ଡା ଢଗଗୁଡ଼ିକର ସଂଗ୍ରହ ଓ ସଂକଳନ କାର୍ଯ୍ୟ ଶେଷ କରିଥିଲେ ମଧ୍ୟ, ଅସୁବିଧାବଶତଃ ୧୯୩୦ ମସିହା ପର୍ଯ୍ୟନ୍ତ ଗ୍ରନ୍ଥ ପ୍ରକାଶ ପାଇ ପାର ନଥିଲା। ମୋ

ଜାଣିବାରେ– ଏହା ପୂର୍ବରୁ ଏ କ୍ଷେତ୍ରରେ ଏକମାତ୍ର ଉଲ୍ଲେଖଯୋଗ୍ୟ ଗ୍ରନ୍ଥ ଥିଲା ୧୮୭୬ ମସିହାରେ ପ୍ରକାଶିତ ପଣ୍ଡିତ କପିଲେଶ୍ୱର ନନ୍ଦ ବିଦ୍ୟାଭୂଷଣଙ୍କ ଦ୍ୱାରା ସଂକଳିତ 'ବୃହତ୍ ଡଗମାଲା'।

ଏହା ବ୍ୟତୀତ କେତେଗୁଡ଼ିଏ ସଙ୍ଗୀତ, କବିତା ଶ୍ରୀ ପଣ୍ଠାଙ୍କ ଦ୍ୱାରା ରଚିତ ହୋଇଥିବାର ଜଣାପଡ଼ିଛି। ମାତ୍ର ସେଗୁଡ଼ିକ ଏ ପର୍ଯ୍ୟନ୍ତ ଏହି ଆଲୋଚକ ଦେଖିବାର ସୁଯୋଗ ପାଇ ନାହିଁ।

'କଲାବତୀ'ର ଗଚ୍ଛ-ଗୁଣ୍ଠନ ବା ଘଟଣା-ବୟନ ରୀତି ରଜୁ ଓ ସରଳ। କଲାବତୀ ଆପଣା ସଖୀ ଇନ୍ଦୁମତୀ ସହିତ ଦେଶ ପର୍ଯ୍ୟଟନରେ ବାହାରି ପ୍ରଥମେ ବଙ୍ଗଲାର ନଦିଆରେ ପହଞ୍ଚିଲେ। ସେଠାରେ ଗଙ୍ଗା ସ୍ନାନ କଲେ ଏବଂ ନଦିଆବାସୀଙ୍କ ଭକ୍ତି ଭାବ, ବିଦ୍ୟାଭ୍ୟାସ ଆଦି ଲକ୍ଷ୍ୟ କଲେ। ସେଠାରେ ସେ ଜାଣିଲେ ଯେ ବଙ୍ଗବାସୀମାନେ "ସାଧାରଣତଃ ସମସ୍ତେ ବିଦ୍ୟାଭ୍ୟାସ କରି ଧନଲୋଲୁପ ହୋଇ ସଦା ଧନାର୍ଜନରେ ରତ ହୋଇଅଛନ୍ତି। ଏମାନେ କେବଳ ସ୍ୱାର୍ଥପର ଅଟନ୍ତି। ଏହି ନଦିଆବାସୀମାନଙ୍କରୁ କେତେକ ନାମକୁ ମାତ୍ର ହରି-ଭକ୍ତ ଚିହ୍ନ ଧାରଣ କରିଅଛନ୍ତି। X X X ଏମାନେ ଆମ୍ଭର ପୂର୍ବ ପ୍ରଥା ହରାଇ ପାଶ୍ଚାତ୍ୟ ବିଦ୍ୟାରେ ପାରଗ ହୋଇ ସର୍ବ ପ୍ରଥମତଃ ଭାରତରେ ପାଶାତ୍ୟ ରୀତ୍ୟନୁସାରେ ସଭ୍ୟ ବୋଲି ପରିଚୟ ଦେଇଅଛନ୍ତି।" ବଙ୍ଗୀୟମାନଙ୍କର ଧର୍ମ କର୍ମ ବିଷୟରେ ସବୁ କଥା ଜାଣିବା ପାଇଁ ତା'ପରେ କଲାବତୀ କଲିକତା ଗଲେ। କଲିକତାରେ ବାବୁମାନଙ୍କର ଇଂରାଜୀ ରୀତି ନୀତି ଅନୁସରଣ, ବଙ୍ଗଲା ତଥା ଇଂରାଜୀ ନାଟ୍ୟଶାଳା, କାଳୀଙ୍ଗଠାରେ ପଶୁବଳି, ବ୍ରାହ୍ମଧର୍ମର ଗତି ଇତ୍ୟାଦି ଦେଖିଲେ। କଲିକତା ଟାଉନ ହଲରେ ଦିନେ ସେ ଏକ ହିନ୍ଦୁ ଧର୍ମ ସଭାରେ ବକ୍ତୃତା ଦେଇ ସୁଧୀମଣ୍ଡଳୀରେ ପରିଚିତା ହେଲେ। ଖ୍ରୀଷ୍ଟଧର୍ମର ସ୍ୱରୂପ-ପ୍ରକୃତି ଜାଣିବା ଉଦ୍ଦେଶ୍ୟରେ ଇଂରାଜୀ ବଦ୍ୟା-ଶିକ୍ଷା ପାଇଁ କଲିକତାରେ ସେ ଛଅ ବର୍ଷ ରହିଲେ ଏବଂ ବି.ଏ. ପାଶ୍ ପରେ ବୃନ୍ଦାବନ ଯାତ୍ରା କଲେ। ବୃନ୍ଦାବନରେ ରହି ମଠାଧିକାରୀ ବୈଷ୍ଣବ ବାବାମାନଙ୍କର ଭଣ୍ଡାମି ଓ ଭ୍ରଷ୍ଟାଚାର ଲକ୍ଷ୍ୟ କଲେ ଏବଂ ନିଜେ ସେହିପରି ଜଣେ 'ତୁଳସୀ-ବଣିଆ-ବାଘ' କବଳରେ ପଡ଼ି ଅଣ୍ଟକେ ରକ୍ଷା ପାଇଗଲେ। ତତ୍ପରେ ଇନ୍ଦୁମତୀକୁ ସଙ୍ଗରେ ଘେନି କଲାବତୀ ହରିଦ୍ୱାର ଯାଇ କୁମ୍ଭମେଳା ଦେଖିଲେ। ସେଠାରୁ କଲିକତା ବାହୁଡ଼ି ଜାହାଜ ଯୋଗେ ଓଡ଼ିଶା ଆସିଲେ। ଜାହାଜ-ଯାତ୍ରା ସମୟରେ ଓଡ଼ିଶା କମିଶନରଙ୍କ ସହିତ କଲାବତୀ ପରିଚିତା ହୋଇଥିଲେ। କଟକର ସୁଧୀମଣ୍ଡଳୀରେ ପରିଚିତ ହେବା ସଙ୍ଗେ ସଙ୍ଗେ ଘରପୋଡ଼ିରେ ସାହାଯ୍ୟ, ରେଭେନ୍ସା କଲେଜ ଛାତ୍ରଛାତ୍ରୀମାନଙ୍କୁ ପୁରସ୍କାର ପ୍ରଦାନ ଆଦି ଲୋକହିତକର କାର୍ଯ୍ୟ କରିଥିଲେ।

ତତ୍‌କାଳୀନ 'ଇନ୍ଦ୍ରଧନୁ-ବିଜୁଳି' କଳରେ କଳାବତୀ ମଧ୍ୟ ସଂପୃକ୍ତ ହୋଇଥିଲେ ଏବଂ ସେହି ସଂପର୍କରେ ଅନୁଷ୍ଠିତ ଏକ ଆଲୋଚନା ସଭାରେ ଭାଷଣ ଦେଇ କବି ଉପେନ୍ଦ୍ର ଭଞ୍ଜଙ୍କ ସପକ୍ଷରେ ଯୁକ୍ତି ବାଢ଼ିଥିଲେ। ଲେଖକଙ୍କର ବର୍ଣ୍ଣନା ଅନୁଯାୟୀ– "କଳାବତୀଙ୍କ ବାକ୍ୟରେ ସମସ୍ତେ ପ୍ରମୋଦିତ ହେଲେ। ତଦବଧି ବିଜୁଳି ଓ ଇନ୍ଦ୍ରଧନୁ ଉତ୍କଳ ସାହିତ୍ୟାକାଶରେ ଦେଖିବାକୁ ବିରଳ।"

ତା'ପରେ କଟକ ପରିତ୍ୟାଗ କରି କଳାବତୀ ଭୁବନେଶ୍ୱର, କୋଣାର୍କ ଓ ଖଣ୍ଡଗିରି ବୁଲି ଦେଖିଲେ ଏବଂ "ପୁରାକାଳୀନ ଓଡ଼ିଆମାନେ ଶିଳ୍ପ କାର୍ଯ୍ୟରେ ପାରଦର୍ଶିତା ଲାଭ କରିଥିଲେ ବୋଲି ମନେ ମନେ ସନ୍ତୁଷ୍ଟ ହେଲେ; ମାତ୍ର ଓଡ଼ିଆମାନଙ୍କର ଆଜିକାଲି ଅବନତ ଅବସ୍ଥା ଦେଖି ବହୁ ବିଳାପ କଲେ।" ପୁରୀରେ ସେ ଚନ୍ଦନ ଯାତ୍ରା ଦେଖି ମୁକ୍ତିମଣ୍ଡପ ସଭାରେ ପଣ୍ଡିତମାନଙ୍କ ସହିତ ଶାସ୍ତ୍ର ଚର୍ଚ୍ଚା କଲେ। ଓଡ଼ିଶାର ପୂର୍ବତନ ରାଜାମାନଙ୍କ କୀର୍ତ୍ତିକଳାପ ବିଷୟରେ ଅବହିତ ହୋଇ ପୁରୀଠାରୁ ଦକ୍ଷିଣ ଦେଶ ଯାତ୍ରା କଲେ। ଦାକ୍ଷିଣାତ୍ୟ ଭ୍ରମଣରେ ପ୍ରଥମେ ସିଂହାଚଳରେ ନୃସିଂହ ଦର୍ଶନ କରି ସେ ଗଲେ ରାଜମହେନ୍ଦ୍ରୀ। ସେଠାରେ ବିଧବା-ବିବାହ ଆନ୍ଦୋଳନରେ ସେ ନିଜକୁ ସଂପୃକ୍ତ କରାଇଥିଲେ। ତା'ପରେ କଳାବତୀ ମାନ୍ଦ୍ରାଜ ଯାତ୍ରା କଲେ। ସେଠି ସେତେବେଳେ ମହାଜାତୀୟ ସମିତିର ଅଧିବେଶନ ବସିଥିଲା। ତାହାର ସଂକ୍ଷିପ୍ତ ପରିଚୟ ଦେବା ସଙ୍ଗେ ସଙ୍ଗେ କଥାକାର ଶ୍ରୀ ପଣ୍ଡା ମାନ୍ଦ୍ରାଜର ସାମାଜିକ ଜୀବନ ବର୍ଣ୍ଣନା କରିଛନ୍ତି। କଂଗ୍ରେସ ଅଧିବେଶନ ଉପଲକ୍ଷେ ସେଠାରେ ଭାରତର ବିଭିନ୍ନ ଅଞ୍ଚଲରୁ ଆସି ସମବେତ ହୋଇଥିବା ପ୍ରତିନିଧିମାନଙ୍କର-ବିଶେଷତଃ ଉତ୍କଳୀୟ ରାଜାମାନଙ୍କର କଥା ଉଲ୍ଲେଖ କରିଯାଇଛି।

ତ‍ପ୍‌ରେ କଳାବତୀ ରାମେଶ୍ୱର ତୀର୍ଥ ଦର୍ଶନ କଲେ। ସେଠାରେ ତାଙ୍କର ପ୍ରିୟ ସଖୀ ଇନ୍ଦୁମତୀଙ୍କର ମୃତ୍ୟୁ ହୋଇଗଲା। ଏକାକିନୀ କଳାବତୀ ବମ୍ବେ ଯାଇ ସେଠାରେ ଡାକ୍ତର ବାହାଦୁରଜୀଙ୍କ ଅତିଥି ହୋଇ ରହିଲେ। ବମ୍ବେ, ନଗରୀ କଳାବତୀଙ୍କ ପକ୍ଷରେ ପ୍ରୀତିପ୍ରଦ ହେଲା ଏବଂ ହାଇକୋର୍ଟର ବାରିଷ୍ଟର-ରାଜପୁତ୍‌ ବଲଭଦ୍ର ସିଂହଙ୍କ ସହିତ ଏହିଠାରେ ତାଙ୍କର ବିବାହ ହୋଇଗଲା। ସ୍ୱାମୀଙ୍କ ସହ ସୁଖରେ ସେ ବର୍ଷେକାଲ ଦାମ୍ପତ୍ୟ ଜୀବନ କଟାଇଲା। ପରେ, ପ୍ଲେଗ୍‌ ମହାମାରୀରେ ସ୍ୱାମୀଙ୍କୁ ହରାଇଲେ। ତହିଁ ନିଜର ସମସ୍ତ ସଂପତ୍ତି ନାରୀ-ଶିକ୍ଷା ଓ ଦୁର୍ଭିକ୍ଷପୀଡ଼ିତ ବ୍ୟକ୍ତିମାନଙ୍କର ସେବା ପାଇଁ ଦାନ କରି ସେ ହିମାଳୟକୁ ଯାଇ ଯୋଗାଭ୍ୟାସରେ କାଳାତିପାତ କଲେ। ପ୍ରସଙ୍ଗକ୍ରମେ ଲେଖକ ଏଠାରେ ବମ୍ବେର ରାଜନୈତିକ ଜୀବନ ଓ ଆନ୍ଦୋଳନାତ୍ମକ କାର୍ଯ୍ୟକ୍ରମର କିଞ୍ଚିତ୍‌ ପରିଚୟ ପ୍ରଦାନ କରିଛନ୍ତି।

ଏହି କାହାଣୀଟି ଲେଖିବା ମୂଳରେ ନିହିତ ଉଦ୍ଦେଶ୍ୟ ଶ୍ରୀ ପଣ୍ଡା ଭୂମିକାରେ ସୂଚାଇଛନ୍ତି– "ଭାରତୀୟମାନଙ୍କରେ ବିଶେଷତଃ ଓଡ଼ିଆମାନେ ଅଧୁନା ସଂସ୍କୃତ ହିନ୍ଦୁ ମତାବଲମ୍ବନପୂର୍ବକ କାଳଯାପନ କଲେ, ସଭ୍ୟ ଜଗତରେ ଉଚ୍ଚ ସ୍ଥାନ ପ୍ରାପ୍ତ ହେବେ।" କଲାବତୀ ଭାରତର ବିଭିନ୍ନ ସ୍ଥାନ ଭ୍ରମଣ କଲାବେଲେ ସର୍ବତ୍ର ଏହି ସଂସ୍କୃତ ହିନ୍ଦୁ ମତର ମହତ୍ତ୍ୱ ପ୍ରତିପାଦନ କରାଯାଇଛି। ସ୍ଥଳବିଶେଷରେ ଉକ୍ତ ପ୍ରାଚୀନ ମତର ଦୋଷ ତ୍ରୁଟି ଦର୍ଶାଇବାକୁ ମଧ୍ୟ ଲେଖକ ପଣ୍ଡାତ୍ପଦ ହୋଇ ନାହାନ୍ତି। ଧର୍ମ ଓ ରାଜନୀତି ସଂପର୍କରେ ସେ ଯେ ଅତ୍ୟନ୍ତ ସଚେତନ ଥିଲେ, ତାହାର ବଡ଼ ପ୍ରମାଣ ପୁସ୍ତିକାଟି ମଧ୍ୟରୁ ମିଳିଥାଏ।

କୌଣସି ରକ୍ଷକ ବା ପଥପ୍ରଦର୍ଶକ ବିନା ଜଣେ ରୂପସୀ ଯୁବତୀର ଦେଶ ପର୍ଯ୍ୟଟନର ବର୍ଣ୍ଣନା ବେଶ୍ ରୋମାଞ୍ଚକର ଏଡ୍ଭେଞ୍ଚର ଭଳି ଲାଗୁଛି। ତେଣୁ ସ୍ଥାନେ ସ୍ଥାନେ ଆଖ୍ୟାନର ବାସ୍ତବତା କ୍ଷୁଣ୍ଣ ହୋଇଥିବାର ଦେଖାଯାଏ। ତଥାପି ଘଟଣାବୟନର ଅଭିନବତ୍ୱ ଏବଂ ବର୍ଣ୍ଣନାର ଚମତ୍କାରିତା ଦୃଷ୍ଟିରୁ କାହାଣୀ ସୁଖପାଠ୍ୟ ହୋଇଛି। କଲାବତୀଙ୍କର ବିଭିନ୍ନ ସ୍ଥାନ ଭ୍ରମଣ ବେଳେ ଅନଙ୍ଗରଙ୍ଗିଣୀ, ଆନନ୍ଦମୋହନ ବୋଷଙ୍କଠାରୁ ଶଶିକଲା, ଡାକ୍ତର ବାହାଦୁରଜୀଙ୍କ ପର୍ଯ୍ୟନ୍ତ ବହୁ ଚରିତ୍ରର ଅବତାରଣା କରାଯାଇଛି। କିନ୍ତୁ କୌଣସି ଚରିତ୍ର–ଏପରି କି କଲାବତୀ ଚରିତ୍ର ମଧ୍ୟ ସୁପରିଷ୍ଫୁଟ ହୋଇପାରିନାହିଁ। ଉଦାହରଣ ସ୍ୱରୂପ–ବିବାହ ପରେ କିୟ ସ୍ୱାମୀ– ବିୟୋଗ ପରେ କଲାବତୀଙ୍କର ମାନସିକ କ୍ରିୟା ପ୍ରତିକ୍ରିୟା ଦେଖାଇବା ପାଇଁ ଯଥେଷ୍ଟ ଅବକାଶ ଥିଲେ ମଧ୍ୟ ଲେଖକ ତାହା ଦେଖାଇ ନାହାନ୍ତି। ତେଣୁ କାହାଣୀଟି ଘଟଣା–ପ୍ରଧାନ ହୋଇପଡ଼ିଛି।

ପରଂପରା ଅନୁସରଣରେ ଲେଖକ କାହାଣୀର ନାମ ନିର୍ବାଚନ କରିଛନ୍ତି। 'ବତୀ' ପ୍ରତ୍ୟୟାନ୍ତ ନାମ ଧରି ଇଚ୍ଛାବତୀ, ଲୀଲାବତୀ, ଶୋଭାବତୀ, ଲାବଣ୍ୟବତୀ ପ୍ରଭୃତି ଗୁଡ଼ିଏ କାବ୍ୟ ଆମ ପ୍ରାଚୀନ ସାହିତ୍ୟରେ ରଚିତ ହୋଇଛି। ଷୋଡ଼ଶ ଶତାବ୍ଦୀ ଭାଗରେ କବି ବିଷ୍ଣୁ ଦାସ 'କଲାବତୀ' ନାମରେ ମଧ୍ୟ କ୍ଷୁଦ୍ର କାବ୍ୟଟିଏ ଲେଖିଛନ୍ତି। ଶ୍ରୀ ପଣ୍ଡା ଆମ ପ୍ରାଚୀନ ସାହିତ୍ୟରେ ଅବଗାହନ କରିଥିଲେ। କାହାଣୀର ନାମକରଣ ଓ କଲାବତୀଙ୍କ ରୂପ ବର୍ଣ୍ଣନାରୁ ତାହାର ପ୍ରମାଣ ମିଳେ। "କଲାବତୀ! ତୁମ୍ଭେ କୁସୁମ କୋମଲାଙ୍ଗୀ। ଭ୍ରମରମାନେ ତୁମ୍ଭ ଚତୁର୍ଦ୍ଦିଗରେ ପରିଭ୍ରମଣ କରିବାରୁ ଏବଂ ଦିବାରାତ୍ରି ଆନନ୍ଦିତ ଥିବାରୁ ଅନୁମିତ ହୁଏ ତୁମ୍ଭ ତନୁଲତାରେ ସୁରଭିତ ମୁଖ–ନେତ୍ର–ପାଣି– ପାଦ–କମଲମାନେ ପ୍ରସ୍ଫୁଟିତ ହୋଇଅଛନ୍ତି; ତୁମ୍ଭ ମୁଖ–ବାସନାରେ ପଦ୍ମକୁ, ଶୀତଲ ଓ ଦୀପ୍ତିରେ ଶଶଧରକୁ ନିନ୍ଦା କରୁଅଛି; ତୁମ୍ଭ ହାସ କୁମୁଦକୁ କିଣିଅଛି; ତୁମ୍ଭ ଅଧର–

ରକ୍ତିମା ଅବଲୋକନରେ ପଲ୍ଲବ, ବିଦ୍ରୁମ ଓ ଜବା ଏମାନେ ଲଜ୍ଜିତ ହୋଇଅଛନ୍ତି; ତୁମ୍ଭ ନେତ୍ରର ଚଞ୍ଚଳତା ଦେଖି ମୀନଗଣ ଲଜ୍ଜିତ ହୋଇ ଜଳରେ, ମୃଗମାନେ ବନରେ, ସଦା ବାସ କରି ରହିଅଛନ୍ତି, ଭୁଲତାର ଠାଣି ଦେଖି ରତିପତି ଆପଣାର ଧନୁ ପରିତ୍ୟାଗପୂର୍ବକ ତୁମ୍ଭ ଆଶ୍ରୟଭାଗୀ ହୋଇଅଛନ୍ତି; ତୁମ୍ଭ ସୁଚାରୁ କୁନ୍ତଳ ଦେଖି ମେଘମାଳା ଲଜ୍ଜାଭରରେ ଆକାଶ ଓ ପର୍ବତମାନଙ୍କ ଆଶ୍ରୟ ନେଇ ଅଛନ୍ତି।'' ଇତ୍ୟାଦି

ବୃନ୍ଦାବନରେ ଭଣ୍ଡ ମଠାଧିକାରୀ ଓ ତାଙ୍କର ସେବିକା ମଞ୍ଜୁବାଣୀଙ୍କ ମଧ୍ୟରେ କଳାବତୀଙ୍କର ମନ୍ତ୍ରଦୀକ୍ଷା ଗ୍ରହଣ ସଂପର୍କରେ ଯେଉଁ କଥୋପକଥନ ହୋଇଛି, ତାହା ବେଶ୍ ରସୋଉୀର୍ଷ! ଉଦାହରଣ–

"ମଞ୍ଜୁ– ଆଜ୍ଞା, ସବୁ ଠିକ୍ କଲି। ସେ ତୁମ୍ଭଠାରୁ ମନ୍ତ୍ର ଗ୍ରହଣ କରିବାକୁ ଇଚ୍ଛୁକ ହୋଇଅଛନ୍ତି। ତୁମ୍ଭ ମନ୍ତ୍ର ପ୍ରଭାବରେ ଅବଶ୍ୟ ସେ ତୁମ୍ଭ ବଶ ହେବେ। ଆମ୍ଭମାନଙ୍କୁ ଆଣି ତୁମ୍ଭେ କାହିଁକି ପଚାରିବ ?

ଅଧି– କାହିଁକି ସେପରି କହୁଅଛ, ରସବତୀ ? ତୁ ମୋ ଗଳାମାଳା। ତୋତେ ଛାଡ଼ିଲେ ବୁଡ଼ିବ ମୋ ଭେଳା। ଆଉ ଏପରି କହନା।

ମଞ୍ଜୁ– ନା, ନା, କଥାଟି ଅଛି ଶୁଣ। ନୂଆ ନୂଆ ଆଦର। ନୂଆ ମିଳିଲେ ପୁରୁଣା ଦୂର।

ଅଧି– କେତେ ଅକଲ ଜାଣୁ, ତୁନି ହୁଅ। ଏବେ ଥିବା ଚାରିଜଣ ଭିତରେ କିଏ ଆଗ ଆସିଥିଲା ? କଥାଟା କିପରି ଘଟିଲା ? ସବୁ ଜାଣି ଜାଣି ଏପରି କହୁଛୁ !

ମଞ୍ଜୁ– ନାହିଁ ଆଜ୍ଞା, ସବୁବେଳେ ଏକାପରି ହେବ କି ? ମନ ତ ଚଞ୍ଚଳ। ଯା' ରସ ଅଧିକ ତା'ଠାରେ ଭେଳ।'' ଇତ୍ୟାଦି

କାହାଣୀର ଭାଷାବିନ୍ୟାସରେ ଲେଖକ ଯଥେଷ୍ଟ ସତର୍କତା ଅବଲମ୍ବନ କରି ନ ଥିଲା ପରି ମନେ ହୁଏ। ତସ୍ୟଦୃଶ, ଧୂମ ଶକଟ, ଦେରି କରିବା, ପଷ୍ୟନ୍ତ, ତଦ୍ବାଦ, ଭାଗ୍ୟ ଥିଲେ ଏହି ଯୁବରତ୍ନଙ୍କ ମୁଖରୁ ପଦେ ଅଧେ ଶୁଣି ଚରିତାର୍ଥ ହୁଅନ୍ତାଇଁ, ଆପଣ ବାସାକୁ ନ ଯାଇ ଏତେ ଦେରି କିପାଁ କର ?, ମୁଁ ଏକାକିନୀ ବମ୍ଭେ ଯିବାକୁ ହେଉଥିଲା ଇତ୍ୟାଦି ବହୁ ବିଭିନ୍ନ ପ୍ରୟୋଗ ଶ୍ରୁତିକଟୁ ହେଉଛି। ବହିର ଭୂମିକାରେ ଶ୍ରୀ ପଣ୍ଡା ଲେଖିଛନ୍ତି– "ଏହି ପୁସ୍ତକ ମୁଦ୍ରାଙ୍କନ କରିବା ପୂର୍ବେ ପୂଜ୍ୟାସ୍ପଦ ଶ୍ରୀ ମଧୁସୂଦନ ରାଓଙ୍କ ନିକଟକୁ ପ୍ରଥମେ ପ୍ରେରଣ କରିଥିଲେ। ସେ ପୁସ୍ତକଟି ଅମୂଲାନ୍ତ ପାଠକରି ତହିଁରେ କେତେ କେତେ ଦୋଷ ଦେଖାଇ ଦେଇଥିଲେ; ଉକ୍ତ ଦୋଷଗୁଡ଼ିକ ସ୍ୱଦେଶବତ୍ସଳ ଶ୍ରୀ ଫକୀରମୋହନ ସେନାପତି ପରିଶ୍ରମ ସ୍ୱୀକାରପୂର୍ବକ ସଂଶୋଧନ କଲାବାଦ ଭକ୍ତିଭାଜନ

ଶ୍ରୀ ଗୋବିନ୍ଦ ପଣ୍ଡା ଫେରେ ପରିମାର୍ଜନ କରି ଦେଇଅଛନ୍ତି; ଏବଂ ପରିଶେଷରେ ଯେଉଁ ଦୋଷମାନ ଥିଲା, ମୁଦ୍ରାଙ୍କନ ସମୟରେ ପ୍ରିୟ ମିତ୍ର ଶ୍ରୀ ଶ୍ୟାମସୁନ୍ଦର ରାଜଗୁରୁ ମାର୍ଜନ କରି ଦେଇଅଛନ୍ତି ।" ଏହା ସ‍ତ୍ତ୍ୱେ କାହାଣୀର ଭାଷାବିନ୍ୟାସରେ ଏହି ଦୋଷତ୍ରୁଟି ମାନ କିପରି ରହିଗଲା, ବୁଝି ହେଉ ନାହିଁ ।

'କଳାବତୀ' ଆମର ଆଧୁନିକ କଥା ସାହିତ୍ୟର ଏକ ପ୍ରାଥମିକ ସୃଷ୍ଟି, ଏବଂ ଆଖ୍ୟାନ ବସ୍ତୁ, ବର୍ଣ୍ଣନା ବୈଚିତ୍ର୍ୟ, ମର୍ମବାଣୀ ଆଦି ଦୃଷ୍ଟିରୁ ଏକ ଉଚ୍ଚକୋଟୀର ଉଲ୍ଲେଖଯୋଗ୍ୟ କୃତି ମଧ୍ୟ । ବର୍ତ୍ତମାନ ପାଠକସମାଜ ପାଇଁ ଏହି ପୁରୁଣା ବହିଟିର ଯଥେଷ୍ଟ ଗୁରୁତ୍ୱ ଓ ତାତ୍ପର୍ଯ୍ୟ ରହିଛି ।

'କଳାବତୀ' ପ୍ରଥମ ସଂସ୍କରଣର ଏକ ଜୀର୍ଣ୍ଣ ଶୀର୍ଣ୍ଣ କପି ମୋତେ ଯୋଗାଇ ଦେଇଥିଲେ–ମୋର ପ୍ରିୟ ବନ୍ଧୁ, ଅଧ୍ୟାପକ ଶିବରାମ ପାତ୍ର । ସେଥିପାଇଁ ତାଙ୍କ ନିକଟରେ ମୁଁ କୃତଜ୍ଞ । ବହିଟିର ଦ୍ୱିତୀୟ ସଂସ୍କରଣ ସକାଶେ ପାଣ୍ଡୁଲିପି ପ୍ରସ୍ତୁତ କରି ଦେଇଛନ୍ତି ମୋର ଶ୍ରଦ୍ଧେୟା ଛାତ୍ରୀ ଶ୍ରୀମତୀ ଗୀତାରାଣୀ କର, ଏମ୍. ଏ.। ତାଙ୍କ ପ୍ରତି ମୋର ଆନ୍ତରିକ ଶୁଭେଚ୍ଛା ।

– କୃଷ୍ଟଚରଣ ବେହେରା

ଭୂମିକା

ସଙ୍ଗୀତ ଓ ପଦ୍ୟ ଲେଖିବାର ଅଭ୍ୟାସ ଅଛି, ମାତ୍ର ଗଦ୍ୟ ଲେଖିବାର ଅଭ୍ୟାସ ନଥିଲା। ଗଦ୍ୟ ଲେଖିବାର ଏହି ମୋହର ପ୍ରଥମ ଉଦ୍ୟମ। ଏଥିରେ ଭାଷାଗତ ଦୋଷ ଅନେକ ଥାଇପାରେ। ମହାଜନମାନେ ଦୟାପୂର୍ବକ ଦୋଷ ଦେଖାଇଦେଲେ, ଦ୍ୱିତୀୟ ସଂସ୍କରଣରେ ପରିମାର୍ଜନ କରିଦେବି।

ବ୍ୟକ୍ତିଗତ ଆକ୍ରମଣ କରିବାର ଆଦୌ ମୋହର ଉଦ୍ଦେଶ୍ୟ ନାହିଁ; ମାତ୍ର ଏହି ପୁସ୍ତକ ଲେଖିବାର ଉଦ୍ଦେଶ୍ୟ ଏହା ଯେ, ଭାରତୀୟମାନଙ୍କରେ ବିଶେଷତଃ ଓଡ଼ିଆମାନେ ଅଧୁନା ସଂସ୍କୃତ ହିନ୍ଦୁ ମତାବଲମ୍ବନପୂର୍ବକ କାଲ ଯାପନ କଲେ ସଭ୍ୟ ଜଗତରେ ଉଚ୍ଚସ୍ଥାନ ପ୍ରାପ୍ତ ହେବେ।

ଏହି ପୁସ୍ତକ ମୁଦ୍ରାଙ୍କନ କରିବା ପୂର୍ବେ ପୂଜ୍ୟାସ୍ପଦ ଶ୍ରୀ ମଧୁସୂଦନ ରାଉଙ୍କ ନିକଟକୁ ପ୍ରଥମେ ପ୍ରେରଣ କରିଥିଲି, ସେ ପୁସ୍ତକଟି ଆମୂଲାନ୍ତ ପାଠକର ତହିଁର କେତେ କେତେ ଦୋଷ ଦେଖାଇ ଦେଇଥିଲେ; ଉକ୍ତ ଦୋଷଗୁଡ଼ିକ ସ୍ୱଦେଶବସ୍ତଲ ଶ୍ରୀ ଫକୀରମୋହନ ସେନାପତି ପରିଶ୍ରମ ସ୍ୱୀକାରପୂର୍ବକ କଲାବାଦ୍ ଭକ୍ତିଭାଜନ ଶ୍ରୀ ଗୋବିନ୍ଦ ପଣ୍ଡା ଫେରେ ପରିମାର୍ଜନ କରି ଦେଇଅଛନ୍ତି; ଏବଂ ପରିଶେଷରେ ଯେଉଁ ଦୋଷମାନ ଥିଲା ମୁଦ୍ରାଙ୍କନ ସମୟରେ ପ୍ରିୟମିତ୍ର ଶ୍ରୀ ଶ୍ୟାମସୁନ୍ଦର ରାଜଗୁରୁ ମାର୍ଜନ କରି ଦେଇଅଛନ୍ତି।

ଅତଏବ ଉକ୍ତ ମହାଜନମାନଙ୍କ ନିକଟରେ ମୁଁ ଚିରରଣୀ ଅଟେ।

ଅପନ୍ନା ପଣ୍ଡା

ପ୍ରଥମ ପରିଚ୍ଛେଦ

ସଖିମାନଙ୍କ ପରସ୍ପର କଥୋପକଥନ

ଇନ୍ଦୁମତୀ–କଳାବତୀ ! ତୁମ୍ଭେ ସକଳ କଳାରେ ପରିପୂର୍ଣ୍ଣ ହୋଇ ଭାରତର ମଧ୍ୟପ୍ରଦେଶ ରାୟପୁର ନଗରରେ ରାମସିଂହଙ୍କ ଗୃହରେ ଜନ୍ମଗ୍ରହଣ କରିଅଛ । ଜନ୍ମଦିନଠାରୁ ତୁମ୍ଭ ମାତା ପିତା ଅତୁଲ ଐଶ୍ୱର୍ଯ୍ୟ ଭୋଗକରି ଆସୁଅଛନ୍ତି; ମାତ୍ର ତୁମ୍ଭ ସୁଖସାଧନ ନିମନ୍ତେ ସେମାନେ କିଛି ଉପାୟ କଲାପରି ବୋଧ ହେଉନାହିଁ । କଲେ ମଧ୍ୟ ଅନ୍ଧ ମାଣିକ୍ୟ ଚିହ୍ନିଲା ନ୍ୟାୟ ହେବ । ଏହା ଶୁଣି କଳାବତୀଙ୍କ ଶ୍ରୀମୁଖ ମ୍ଲାନ ଭଜିଲା; ପୁଣି ଦୁଃଖିତମନା ହୋଇ କିଛି ପ୍ରଶ୍ନ କରିବାକୁ ଲାଗିଲେ ।

କଳାବତୀ–କେଉଁ କାରଣରୁ ଆପଣ ଏପରି କହିବା ହେଉ ଅଛନ୍ତି ?

ଇନ୍ଦୁମତୀ–କଳାବତୀ ! ତୁମ୍ଭେ କୁସୁମ କୋମଳାଙ୍ଗୀ ଭ୍ରମରମାନେ ତୁମ୍ଭ ଚତୁର୍ଦ୍ଦିଗରେ ପରିଭ୍ରମଣ କରିବାରୁ ଏବଂ ଦିବାରାତ୍ରୀ ଆନନ୍ଦିତ ଥିବାରୁ ଅନୁମିତ ହୁଏ ତୁମ୍ଭ ତନୁ ଲତାରେ ସୁରଭିତ ମୁଖ–ନେତ୍ର–ପାଣି–ପାଦ–କମଲମାନେ ପ୍ରସ୍ଫୁଟିତ ହୋଇଅଛନ୍ତି; ତୁମ୍ଭ ମୁଖ ବାସନାରେ ପଦ୍ମକୁ, ଶୀତଳ ଓ ଦୀପ୍ତିରେ ଶଶଧରଙ୍କୁ ନିନ୍ଦା କରୁଅଛି; ତୁମ୍ଭ ହାସ କୁମୁଦକୁ କିଣିଅଛି; ତୁମ୍ଭ ଅଧର–ରକ୍ତିମା ଅବଲୋକନରେ ପଲ୍ଲବ, ବିଦୁମ ଓ ଜବା ଏମାନେ ଲଜ୍ଜିତ ହୋଇଅଛନ୍ତି; ତୁମ୍ଭ ନେତ୍ର ଚଞ୍ଚଲତା ଦେଖି ମୀନଗଣ ଲଜ୍ଜିତ ହୋଇ ଜଳରେ, ମୃଗମାନେ ବନରେ ସଦା ବାସ କରି ରହିଅଛନ୍ତି; ଭୁଲତାର ଠାଣି ଦେଖି ରତିପତି ଆପଣାର ଧନୁ ପରିତ୍ୟାଗପୂର୍ବକ ତୁମ୍ଭ ଆଶ୍ରୟ ଭାଗୀ ହୋଇଅଛନ୍ତି, ତୁମ୍ଭ ସୁଚାରୁ କୁନ୍ତଳ ଦେଖି ମେଘମାଲା ଲଜ୍ଜାଭରରେ ଆକାଶ ଓ ପର୍ବତମାନଙ୍କ ଆଶ୍ରୟ ନେଇଅଛନ୍ତି । ରୂପବତୀ ! ତୁମ୍ଭ ଆଭରଣମାନଙ୍କ ସଂଦୀପ୍ତି କି କହିବି ? ଦେଖ, ତାରକାମାନେ ଆକାଶରେ ରହି ଭୂତଳକୁ ଆସ୍ଥମାନଙ୍କ ଦୀପ୍ତି କିଏ ଚୋରୀ କରି ନେଇଅଛନ୍ତି ବୋଲି ଅଧୋବଦନରେ ଚାହିଁ ରହିଅଛନ୍ତି । ସୁନ୍ଦରୀ ! ତୁମ୍ଭ ବିଷୟରେ ଆଉ କିଛି କହିବାକୁ ମୋ ମନ ବଳି ଅଛି ନ କହି ରହିପାରିବି ନାହିଁ । ଯଥାର୍ଥ କଥାଟା

କହିଲେ କାହିଁକି ମନ ବ୍ୟଥା ହେବ ? ତୁମ୍ଭେ ଗତିରେ ହସ୍ତିର ଗର୍ବକୁ ଖର୍ବ କରିଅଛ; ଏବଂ ତୁମ୍ଭ କଟୀର ଶୋଭା ଦେଖି ଲଜ୍ଜାଭରେ ସିଂହ ବନରେ ବାସକରି ଅଛି ଓ ଡ଼ମରୁ ଜଡ଼ପ୍ରାୟ ହୋଇ ଜନ ସମାଜରେ କ୍ରନ୍ଦନ କରୁଅଛି । ସୁନ୍ଦରୀ ! ତୁମ୍ଭର କର-ପଲ୍ଲବ, ଯଦି କମଳ ହୋଇଅଛି, ତେବେ ତୁମ୍ଭ ବାହୁଯୁଗଳ ପଦ୍ମନାଳ ହେବାର ସନ୍ଦେହ କି ? ଦେଖ ସୁନ୍ଦରୀ ! ତୁମ୍ଭ ବାହୁଯୁଗଳର ଶୋଭାଦେଖି ପଦ୍ମନାଳ କିପରି ଜଳରେ ଲୁଚି ରହିଅଛି । କଳାବତୀ ! ତୁମ୍ଭ ଅଙ୍ଗ-ପ୍ରତ୍ୟଙ୍ଗମାନେ ଯଥାଗୁଣରେ ବର୍ଣ୍ଣିତ ହେବାରେ ସନ୍ଦେହ ନାହିଁ । ଅଧୁନା ତୁମ୍ଭେ ପଞ୍ଚଦଶବର୍ଷରେ ପଦାର୍ପଣ କରିଅଛ । ତୁମ୍ଭ ଆନ୍ତରିକ ଗୁଣ ଆମ୍ଭେ ଯେତେ ପର୍ଯ୍ୟନ୍ତ ଜାଣିଅଛୁ ତାହା କିଛି କହିବୁ । କଳାବତୀ ! ତତ୍ ସଦୃଶ ବାଳାମଣି ଭୂତଳରେ ଅବତୀର୍ଣ୍ଣ ହେବାର ଅସମ୍ଭବ । ତୁମ୍ଭ ଶରୀର ଶୋଭା ଯେପରି ମନୋମୁଗ୍ଧକର ଆନ୍ତରିକ ଗୁଣ ମଧ୍ୟ ତାଦୃଶ ପ୍ରୀତିକର ଅଟେ । ଦେଖ ତୁମ୍ଭେ ସପ୍ତମ ବର୍ଷରେ ପଦାର୍ପଣ କରିବାବେଳେ ବିଦ୍ୟାରମ୍ଭ କଲ । ମାତ୍ର ଏହି ଆଠବର୍ଷରେ ତୁମ୍ଭେ ଯେଉଁ ଯେଉଁ ବିଦ୍ୟାରେ ପାରଗ ହୋଇଅଛ ତାହା ଜାଣିବା ମାତ୍ରକେ ସମସ୍ତେ ଆଶ୍ଚର୍ଯ୍ୟ ମଣିବେ । କଳାବତୀ ! ସ୍ୱାମୀମାନଙ୍କ କଥା ତେଣିକି ଥାଉ ପୁରୁଷମାନେ ତୁମ୍ଭ ଗୁଣ ପ୍ରଶଂସା କରି ତୁମ୍ଭଠାରେ ନତମସ୍ତକ ହେବେ । ତୁମ୍ଭେ ବିଦ୍ୟାରମ୍ଭ କରିବାଠାରୁ ପ୍ରାୟ ତିନି ବର୍ଷରେ କାବ୍ୟ ବିଶାରଦା ବୋଲି ଜଗତରେ ନାମ ବହିଲ ଏବଂ କାବ୍ୟଶାସ୍ତ୍ର ଚର୍ଚ୍ଚାକରି ପଣ୍ଡିତ-ମଣ୍ଡଳୀରେ ପ୍ରଶଂସିତ ହେଲ । ଏହି ଗୁଣଗଣରେ ପରିତୃପ୍ତ ନହୋଇ ଯେତେବେଳେ ତୁମ୍ଭର ପଞ୍ଚଦଶ ବର୍ଷ ବୟଃକ୍ରମ ହେଲା, ସେହି ସମୟରେ ନାଟକ, ଚମ୍ପୂ ଓ ଭାଣ ପ୍ରଭୃତି ପାଠ କରି କଳାଶାସ୍ତ୍ରରେ ମନ ବଳାଇଅଛ । ମୃଗନୟନେ ! କଳାଶାସ୍ତ୍ର ପାଠ କଲେ କି ହେବ ? ତୁମ୍ଭେ ଅଦ୍ୟ ଯେତେ କଳାରେ ପରିପୂର୍ଣ୍ଣା ହୋଇଅଛ, ତଦୁପଯୁକ୍ତ ପାତ୍ରରେ ତୁମ୍ଭକୁ ଅର୍ପଣ କରିବାକୁ ଆମ୍ଭପକ୍ଷେ ଦୁର୍ଘଟ । ଗୁଣାଳୟେ ! ତୁମ୍ଭେ ଯାହା କହିବାକୁ ହେବ ପାଷ୍ଚାତ୍ କହିବ ଆଉ ଗୋଟିଏ ତୁମ୍ଭର ଅଭୁତ ଗୁଣ ଅଛି ତାହା ଆଜି ଜଗତରେ ପ୍ରକାଶ ନ କରି ଆମ୍ଭେ ରହିପାରିବୁ ନାହିଁ । ଦେଖ କଳାବତୀ ! ଅଧିକରେ ତୁମ୍ଭ ବାହ୍ୟ ସୌନ୍ଦର୍ଯ୍ୟ କାବ୍ୟମାନଙ୍କୁ ହଟାଇଦେଇ ଅଲଙ୍କାର ଶାସ୍ତ୍ରକୁ କୁସ୍ତା କରୁଅଛି । ଦୟା, ପ୍ରେମ ଓ ଭକ୍ତି ରସରେ ଜର୍ଜରିତା ହୋଇ କାବ୍ୟର ଅତିରିକ୍ତାଂଶକୁ ତୁମେ ନିନ୍ଦା କରୁଅଛ । ତ୍ୱଦୀୟ ନୀତି-ସମୂହକୁ ଚାହିଁ ନୀତି-ଶାସ୍ତ୍ରମାନେ ତ୍ରସ୍ତ ପାଉଅଛନ୍ତି । ତୁମ୍ଭ ସୁଲଳିତ ଗାନ ଶ୍ରବଣକରି ସପ୍ତସ୍ୱର ତୁମ୍ଭ ଆଶ୍ରୟଭାଗୀ ହୋଇ ଅଛନ୍ତି । ତୁମ୍ଭ ନେତ୍ର-ଭଙ୍ଗୀ କାକୁ-ବଚନ ସୁମଧୁର ହାସ ଅଧର-ରକ୍ତିମା ଓ ଯୌବନଶ୍ରୀ ସଦର୍ଶନରେ ଲକ୍ଷଣଶାସ୍ତ୍ର ପ୍ରଭାହୀନ ହୋଇ ସର୍ବଦା ତୁମ୍ଭ ଗୁଣଗାନ କରିବାକୁ ବସିଅଛି । ଅତଏବ କବିମାନେ ଯାହା ବର୍ଣ୍ଣନା କରିଅଛନ୍ତି ଓ କରୁଅଛନ୍ତି ଏବଂ କରିବେ ସେମାନଙ୍କର

ତୁମ୍ଭେ ଆଦର୍ଶସ୍ଥାନୀୟ ହେବ। କଳାବତୀ ସମସ୍ତ କଳାରେ ପରିପୂର୍ଣ୍ଣ ହୋଇ ଷୋଡ଼ଶ ବର୍ଷ ଲଙ୍ଘନ ପୂର୍ବକ ସପ୍ତଦଶ ବର୍ଷରେ ଉପନୀତା ହୋଇଅଛନ୍ତି। ଏହି ସମୟରେ ଏହି ବିଚିତ୍ର ଲତାଙ୍ଗୀ ଅରବିନ୍ଦ କୈରବ ଜବା କୁନ୍ଦ କେତକୀ ଚମ୍ପକ ଅଶୋକ ଓ ବନମାଲିକା କୁସୁମ ବୃନ୍ଦରେ ସୁଶୋଭିତା। କୁସୁମ କୋମଳାଙ୍ଗୀ ତରୁଣୀ ହେବା ଯୋଗୁଁ ଯୁବତୀମାନଙ୍କ ପଦବୀ ବୁଢ଼ାଇବା ନିମନ୍ତେ ବସିଅଛନ୍ତି।

ଦ୍ୱିତୀୟ ପରିଚ୍ଛେଦ

କଳାବତୀଙ୍କ ଦେଶପର୍ଯ୍ୟଟନ

ଇନ୍ଦୁମତୀ–ରମଣୀ ଶିରୋମଣ୍ଡନେ, ମନୁଷ୍ୟମାନେ ବୁଦ୍ଧି ବଳରେ ଯେତେ ଯେତେ ବିଚିତ୍ର ପଦାର୍ଥ ଉଦ୍ଭାବନ କରିଅଛନ୍ତି, ତନ୍ମଧ୍ୟରେ ଧୂମ, ଶକଟ ବିଶେଷତଃ ଉପକାରୀ ଅଟେ। ଏହା ଯୋଗୁଁ ଆମ୍ଭେମାନେ ଅନତି ବିଳମ୍ବରେ ନିଜ ଅଞ୍ଚଳ ପରିତ୍ୟାଗ କରି ବିଶେଷଦୂର ଆସିଅଛୁଁ; ବର୍ତ୍ତମାନ ରାତ୍ର ପ୍ରକାଶ ହେଲାନି। ଦେଖ ଦେଖ, ତୁମ୍ଭ ଦୃଷ୍ଟିପଥରେ ଯାହା ଦିଶୁଅଛି ତାହାର ନାମ ନଦିଆ। ଏହିଠାରେ କେତେଦିନ ଅବସ୍ଥାନ କରନ୍ତୁ। ଏହା ଗୋଟିଏ ପୁଣ୍ୟ କ୍ଷେତ୍ର। ଏହିଠାରେ ମହାପ୍ରଭୁ ଶ୍ରୀକୃଷ୍ଣ ଚୈତନ୍ୟ ଅବତୀର୍ଣ୍ଣ ହୋଇଥିଲେ। ଏହି ମହାତ୍ମାଙ୍କ ଜନ୍ମ ପୂର୍ବେ ସମସ୍ତ ବଙ୍ଗପ୍ରଦେଶ ମ୍ଲେଚ୍ଛ ଭାବାପନ୍ନ ଥିଲା। ଏହି ମହାତ୍ମା ଜନ୍ମଗ୍ରହଣ କରି ବଙ୍ଗବାସିମାନଙ୍କର କଲୁଷିତ ଆତ୍ମାକୁ ମାର୍ଜିତ କରି ବୈଷ୍ଣବ ଧର୍ମ ପ୍ରଚାର କରିଅଛନ୍ତି। ଏହି ଧର୍ମ କ୍ରମଶଃ ଭାରତର ଅନ୍ୟାନ୍ୟ ଅଞ୍ଚଳମାନଙ୍କରେ ପ୍ରଚାରିତ ହୋଇଅଛି। କଳାବତୀ ସେଠାରେ ପ୍ରବେଶ କରି କେତେଦିନ ଅବସ୍ଥାନ କଲେ। ଦିନେ ପ୍ରାତଃ କାଳରେ କଳାବତୀ ସଖୀ ସହିତ ଗଙ୍ଗାରେ ସ୍ନାନ କରିବାକୁ ଯିବା ସମୟରେ ବାଟରେ ଅନଙ୍ଗରଙ୍ଗିଣୀ ତାହାଙ୍କୁ ଲକ୍ଷ୍ୟକରି ପଚାରିଲେ।

ଅନଙ୍ଗ–ଦେବୀ! ଆପଣ କେଉଁଠାରୁ ଆସିଅଛନ୍ତି ?

କଳାବତୀ–ଆମ୍ଭେ ନାଗପୁର ପ୍ରଦେଶରୁ ଆସିଅଛୁଁ।

ଅନଙ୍ଗ–(ଅଙ୍ଗୁଲି ଦେଖାଇ) ଏ କିଏ ?

କଳାବତୀ– ଆମ୍ଭ ସଖୀ।

ଅନଙ୍ଗ–ଆପଣଙ୍କ ନାମ ମୁଁ ଶୁଣିବାକୁ ପାଇବି କି ?

କଳାବତୀ–ଆମ୍ଭ ନାମ କଳାବତୀ ଏବଂ ଆମ୍ଭ ସଖୀଙ୍କ ନାମ ଇନ୍ଦୁମତୀ। ଆପଣଙ୍କ ନାମ କଣ ?

ଅନଙ୍ଗା—ମୋ ନାମ ଅନଙ୍ଗା-ରଙ୍ଗିଣୀ। ଆପଣମାନେ ଏଠାରେ କେତେଦିନ ଅବସ୍ଥାନ କରିବେ ?

କଳାବତୀ—କିଛିଦିନ ରହିବାକୁ ଇଚ୍ଛାକରୁଁ।

ଏହିପରି କୁହାକୁହି ହୋଇ ତିନିହେଁ ପତିତପାବିନ ଗଙ୍ଗାରେ ସ୍ନାନ କରିବାକୁ ଗଲେ। ସ୍ନାନ ସମୟରେ କଳାବତୀ ଦେଖିଲେ ଯେ ଗୌରାଙ୍ଗ ନାମକୀର୍ତ୍ତନରେ ଗଙ୍ଗା ପ୍ରତିଧ୍ଵନିତ ହେଉଅଛି। କଳାବତୀ ନଦିଆଵାସିଙ୍କର ଭକ୍ତି ଅବଲୋକନ କରି ସେଠାରେ କେତେଦିନ ରହିବାକୁ ସଂକଳ୍ପ କଲେ ଏବଂ ସ୍ନାନାନ୍ତର ନିଜ ଆଵାସକୁ ପ୍ରସ୍ଥାନ କଲେ।

କଳାବତୀ—ସଖି ଇନ୍ଦୁମତୀ! ଏହି ନଦିଆଵାସିଙ୍କର ଜନ୍ମ ଧନ୍ୟ। ଦେଖ, ଆବାଲ-ବୃଦ୍ଧ-ବନିତା ସମସ୍ତେ ଗୌରାଙ୍ଗ ନାମକୀର୍ତ୍ତନରେ କିପରି ମଜ୍ଜି ରହିଅଛନ୍ତି!

ଇନ୍ଦୁମତୀ—ସଖି କଳାବତୀ! ଆପଣ ଏଠାରେ କେତେଦିନ ରହନ୍ତୁ। କଳାବତୀ ଆଉ ଦିନେ ସଖୀ ସହିତ ନଦିଆରେ ଭ୍ରମଣ କରୁଥିବା ସମୟରେ ଦେଖିଲେ ଯେ ବାଲକମାନେ ମନୋଯୋଗପୂର୍ବକ ବିଦ୍ୟାଭ୍ୟାସ କରୁଅଛନ୍ତି, ଯୁବକମାନେ ନିଜ ନିଜ ବୃତ୍ତି ଅବଲମ୍ବନପୂର୍ବକ ଧନୋପାର୍ଜନରେ ସର୍ବଦା ରତ ଏବଂ ବୃଦ୍ଧମାନେ ଭକ୍ତିସହକାରେ ହରିନାମ କୀର୍ତ୍ତନ କରୁଅଛନ୍ତି। ସେହି ସମୟରେ ଅନଙ୍ଗା-ରଙ୍ଗିଣୀ କଳାବତୀଙ୍କୁ ଡାକି ପଚାରିଲେ।

ଅନଙ୍ଗା—ସଖି କଳାବତୀ! ଜଣ ଦେଖୁଅଛ ?

କଳାବତୀ—ଏହି ନଦିଆଵାସିଙ୍କୁ ଦେଖୁଅଛି।

ଅନଙ୍ଗା—ଦିନକରେ ଆପଣ ଏମାନଙ୍କୁ ଜାଣିପାରିବ ନାହିଁ। ଏମାନଙ୍କୁ ମୁଁ ଭଲରୂପେ ଜାଣିଅଛି।

କଳାବତୀ—ସଖି ତେବେ କହନ୍ତୁ।

ଅନଙ୍ଗା—ସଖି କଳାବତୀ! ଏହି ଜଙ୍ଗଲବାସିମାନଙ୍କ ଆଧୁନିକ ପ୍ରଥା ଏହି ଯେ, ସାଧାରଣତଃ ସମସ୍ତେ ବିଦ୍ୟାଭ୍ୟାସ କରି ଧନ ଲୋଲୁପ ହୋଇ ସର୍ବଦା ଧନାର୍ଜନରେ ରତ ହୋଇଅଛନ୍ତି। ଏମାନେ କେବଳ ସ୍ଵାର୍ଥପର ଅଟନ୍ତି। ଏହି ନଦିଆଵାସିମାନଙ୍କରୁ କେତେକ ନାମକୁ ମାତ୍ର ହରି-ଭକ୍ତି-ଚିହ୍ନ-ଧାରଣ କରିଅଛନ୍ତି। ଏଠା ଅଧିକାଂଶ ଲୋକେ ବଙ୍ଗହତାର ବଙ୍ଗାଲିମାନଙ୍କ ସହିତ ପ୍ରାୟ ସମସ୍ତ ଗୁଣରେ ସମାନ ହୋଇ ପାରିବେ। ଏମାନେ ଆମ୍ଭର ପୂର୍ବପ୍ରଥା ହରାଇ ପାଶ୍ଚାତ୍ୟ ବିଦ୍ୟାରେ ପାରଗ ହୋଇ ସର୍ବପ୍ରଥମତଃ ଭାରତରେ ପାଶ୍ଚାତ୍ୟ ରୀତ୍ୟନୁସାରେ ସଭ୍ୟ ବୋଲ ପରିଚୟ ଦେଇଅଛନ୍ତି। ଆଜିକାଲି ଏମାନେ ଜଗତରେ ସଭ୍ୟତାର ପ୍ରଥମ ସୋପାନରେ ଅଧିରୋହଣ କରିଥିବା ଇଂଲଣ୍ଡ

ଓ ଆମେରିକା ଦେଶମାନ ପରିଭ୍ରମଣ କରି ଭାରତରେ ଚିର ପ୍ରତିଷ୍ଠିତ ଥିବା ଜାତି ପ୍ରଭେଦ ପ୍ରଥାକୁ ହେୟଜ୍ଞାନ କରି ଏଥି ବିଷୟରେ ପାଶ୍ଚାତ୍ୟ ଧର୍ମ୍ମ ପାଳନ କରିବାକୁ ବସିଅଛନ୍ତି । କଳାବତୀ ! କଳିକତାକୁ ଥରେ ଚାଲ ସେଠାକୁ ଗଲେ ବାବୁମାନଙ୍କ ସମସ୍ତ ଧର୍ମ୍ମ ଜଣାପଡ଼ିବ ।

କଳାବତୀ–ସଖୀ ଇନ୍ଦୁମତୀ ! ଆପଣ ଏବେ ସବୁ ବୁଝିଲ ତ, ଆଉ କାହିଁକି ଦେରି କରୁଅଛନ୍ତି ।

ଇନ୍ଦୁମତୀ–ସଖୀ କଳାବତୀ ! କଳିକତା ଯିବା ଚାଲ । ଯଦି ସେହ ଗୁଣୀମାନଙ୍କଠାରେ ତୁମ୍ଭ ମନ ମାନେ ତେବେ ଆମ୍ଭ କାର୍ଯ୍ୟ ସଫଳ ହେବ । ଆଉ ତୁମ୍ଭକୁ ଧରି ଅନ୍ୟ ଦେଶ ଭ୍ରମଣ କରିବାର ଆବଶ୍ୟକ ନାହିଁ ।

କଳାବତୀ କଳିକତାରେ ପ୍ରବିଷ୍ଟ ହୋଇ ଦିନେ ପ୍ରାତଃକାଲରେ ଭ୍ରମଣ କରୁଅଛନ୍ତି । ଇତ୍ୟବସରରେ କଳିକତା ସହରରେ ବାବୁମାନଙ୍କ ଗହଳ ଲାଗିଅଛି । ଭୂପତି ଚନ୍ଦ୍ରସେନ ନାମକ ଜଣେ ବାବୁ, ସାହେବ ପୋଷାକ ଧାରଣପୂର୍ବ୍ବକ ଗାଡ଼ିରେ ଉପବିଷ୍ଟ ହୋଇ, ନାନା ପ୍ରକାର ଖାଦ୍ୟସାମଗ୍ରୀ ଧରି ହାଇକୋର୍ଟ ପ୍ରତି ପ୍ରଧାବିତ ହେଉଅଛନ୍ତି । ଏହି ସମୟରେ ପଦ୍ମଚରଣ ଚୌଧୁରୀ, ନରେନ୍ଦ୍ରନାଥ ବସୁଙ୍କୁ ପ୍ରସ୍ତାବଶତଃ ଏହି ଗାଡ଼ିରେ ଯିବା ମହାତ୍ମା କି କାର୍ଯ୍ୟରେ ନିଯୁକ୍ତ ଅଛନ୍ତି ବୋଲି ପଚାରିଲେ । ବୋସ କହିଲେ– "ଏହି ମହାତ୍ମା ବିଲାତ ଯାଇ ବାରିଷ୍ଟର ପରୀକ୍ଷାରେ ଉତ୍ତୀର୍ଣ୍ଣ ହୋଇ ଏଠା ହାଇକୋର୍ଟରେ କାର୍ଯ୍ୟ କରୁଅଛନ୍ତି । ଏ ଜଣେ କୁଲୀନ ବ୍ରାହ୍ମଣ । ଏବେ ପ୍ରାଚୀନ ବ୍ରାହ୍ମଣ ଧର୍ମ ପରିତ୍ୟାଗ କରି ଆଧୁନିକ ବ୍ରାହ୍ମଣ ଧର୍ମରେ ଦୀକ୍ଷିତ ହୋଇ ଅଛନ୍ତି; ଅର୍ଥାତ ଏହାଙ୍କ ପକ୍ଷେ ଜାତି ପ୍ରଭେଦ ନାହିଁ । ଏଣେ କେତେ ବାବୁ ପାଜାମା, ଜଂଘିଆ, ଚର୍ମପାଦୁକା, ଉଷ୍ଣୀଷ ପ୍ରଭୃତି ଧାରଣପୂର୍ବ୍ବକ ବଜାରରେ ଭ୍ରମଣ କରୁଅଛନ୍ତି ଏବଂ ସ୍ଥାନେ ସ୍ଥାନେ କାଫି, ଚା, ମତ୍ସ୍ୟ, ତରକାରୀ ପ୍ରଭୃତି ବିକ୍ରୀତ ହେଉଅଛି । ସାୟଂକାଲ ସମୟରେ ଫେରି କଳାବତୀ ସାୟଂସମୀରଣ ସେବନାର୍ଥେ ଭ୍ରମଣ କରିବାକୁ ଯାଇ ଦେଖିଲେ ଯେ, ସେହି ସମୟରେ କେତେକ ବାବୁ ଗଲ୍ଲିମାନଙ୍କରେ ଜ୍ଞାନ ହରାଇ ପଡ଼ିଅଛନ୍ତି । କୌଣସି କୌଣସି ନାଟ୍ୟଶାଳାମାନଙ୍କରେ ନାନାବିଧ ଅଭିନୟ ଲାଗିଅଛି । କେଉଁଠାରେ ବଙ୍ଗଭାଷାରେ ବଙ୍ଗନିବାସୀମାନେ ହରିଶ୍ଚନ୍ଦ୍ର ପ୍ରଭୃତି ଭାରତୀୟ ନାଟକମାନ ଅଭିନୟ କରୁଅଛନ୍ତି । ଆଉ କେଉଁଠାରେ ଇଂରାଜି ବ୍ୟକ୍ତିମାନେ ସେକ୍ସପିଅର ନାଟକ ଅଭିନୟ କରୁଅଛନ୍ତି । ଇଂରାଜି ନାଟ୍ୟଶାଳାରେ ଜଣେ ବାବୁ ଜଣେ ଇଉରୋପୀୟନ୍ ମହିଳାକୁ ଆପଣା ବାମପାର୍ଶ୍ବରେ ରଖି କଥୋପକଥନ କରୁଅଛନ୍ତି । ଇତ୍ୟବସରରେ ହଠାତ୍ କଳାବତୀ ସେହି ନାଟକଶାଳାରେ ପ୍ରବିଷ୍ଟ ହୋଇ ବୁଝିଲେ ଯେ ସେହି ଶ୍ଵେତାଙ୍ଗୀ

ମହିଳା ବାବୁଙ୍କର ବିବାହିତା ଭାର୍ଯ୍ୟା ଅଟନ୍ତି । ହାୟ ! ଯେଉଁ ବଙ୍ଗ ପ୍ରଦେଶରେ ଶ୍ରୀକୃଷ୍ଣଚୈତନ୍ୟ ବୈଷ୍ଣବଧର୍ମ ପ୍ରଚାର କରିଥିଲେ, ପୁରାକାଳରୁ ଭାରତରେ ଯେଉଁ ଜାତିଭେଦ ପ୍ରଥା ଥିଲା ଏହି ସମସ୍ତ ବିଷୟ ଆଜିକାଲି ବାବୁମାନେ ହରାଇ ବସା-ଉଠା, ଖିଆ-ପିଆ, ପୋଷାକ, ଜାତି ନୀତି ଓ ଧର୍ମରେ ଇଂରାଜିଙ୍କ ପ୍ରଥା ଅବଲମ୍ବନ କରିବାକୁ ବସିଅଛନ୍ତି । କି ପରିତାପର ବିଷୟ ! ଏପରି ଭାବି ଭାବି ରମଣୀମଣି ହାରିସେନ୍ ରାଜପଥ ଦେଇ ଆସୁ ଆସୁ ଦେଖିଲେ ଯେ ଅନେକ ଚନ୍ଦ୍ର ଏକଠାରେ ଉଦୟ ହେଲାପରି ସେହି ପଥ ଆଲୋକିତ ହୋଇଅଛି ଏବଂ ତତ୍‌ପାର୍ଶ୍ୱବର୍ତ୍ତୀ ସୌଧାବଳୀ ପରିଚ୍ଛନ୍ନଭାବରେ ଦୃଷ୍ଟିପଥରେ ପତନ ହେବାରୁ ଥରେ ଅବଲୋକନ କରନ୍ତେ ସେ ଅଟ୍ଟାଳିକାମାନ ଅନିର୍ବଚନୀୟ ଶୋଭା ଧାରଣ କରିଅଛନ୍ତି । ଏହାର ମର୍ମ ବୁଝିବା ନିମନ୍ତେ ସେହି ରାଜମାର୍ଗରେ ଯାଉଥିବା ରାମପ୍ରସାଦ ସେନଙ୍କୁ ପଚାରିବାକୁ ସେ କହିଲେ ।

ରାମପ୍ରସାଦ– ସୁନ୍ଦରୀ ! ଏହି ଆଲୁଅ ତଡ଼ିତ୍‌-ଶକ୍ତିର ପ୍ରଭା । ଦ୍ୱିତୀୟଦିନ ପ୍ରାତଃକାଳରେ କାର୍ଣ୍ଟଓୟାଲସ୍ ରାଜପଥଦେଇ ଅଶ୍ୱଯାନରେ କଳାବତୀ ପୂର୍ବଦିଗକୁ ଗମନ କରିବାକୁ ବାହାରିଲେ । ଯାଉଁ ଯାଉଁ ଦୃଷ୍ଟିପଥରେ ନବବଜାର ପଡ଼ିବାରୁ କୌତୂଳାର୍ଥେ ସେ ବଜାର ବୁଲିବାକୁ ଗଲେ । ସେଠାରେ ନାନାପ୍ରକାର ଉଭିଦ, ମାଂସ, ପକ୍ଷୀଶାବକ ଓ ନାନାଜାତୀୟ ପକ୍ଷୀ ଏହି ସମସ୍ତ ପ୍ରକାର ପଦାର୍ଥମାନ ବସିଅଛି । ଉଭିଦମାନଙ୍କରେ କୋବି, ବିଲାତିଆଲୁ, ନୋନ୍ କୋଳ ପ୍ରଭୃତି ଇଂରାଜି ଶାକସବଜି, କଦଳୀ, ଶିମ୍, ବାର୍ଥାକୀ, ଆଲୁ ପ୍ରଭୃତି ଦେଶୀୟ ଶାକସବଜି; ମାଂସମାନଙ୍କରେ ମେଷ, ଛାଗ, ହରିଣ, ବରାହ, ଠେକୁଆ, ଜିଆଦ ପ୍ରଭୃତି ମାଂସ; ଡିମ୍ବମାନଙ୍କରେ କୁକ୍କୁଟ୍, ହଂସ, ପ୍ରଭୃତି ଡିମ୍ବ; ଶାବକମାନଙ୍କରେ ମୟୂର, କୁକ୍କୁଟ୍, ହଂସ, କାମଞ୍ଜି, ପାରା ନାନା ଜାତୀୟ ଶୁକ, ସାରି, ଗୋବରା ପ୍ରଭୃତି ପକ୍ଷୀଶାବକ ବିକ୍ରୀତ ହେଉଅଛି । ଏହି ପଦାର୍ଥମାନ କ୍ରୟ କରିବା ନିମନ୍ତେ କି ଶ୍ୱେତକାୟ, କି କୃଷ୍ଣକାୟ, କି ଦରିଦ୍ରକାୟ, କି ବଙ୍ଗବାସୀ ସମସ୍ତେ ସମବେତ ହୁଅନ୍ତି । କେତେଜଣ ବଙ୍ଗାଳି ସସ୍ତ୍ରୀକ ହୋଇ କଥୋପକଥନ ପୂର୍ବକ ବଜାରରେ ଚତୁର୍ଦ୍ଦିଗ ଭ୍ରମଣ କରି ନିଜ ନିଜ ଦାସମାନଙ୍କ ହାତରେ ଲୁଟିକରି କ୍ରୀତ ପଦାର୍ଥ ଧରାଇ ଚାଲିଯାନ୍ତି । ଏହି ସମସ୍ତ ବିଷୟ କଳାବତୀ ଅବଲୋକନ କରି ଚମକୃତ ହେଲେ । ପରେ ଗଙ୍ଗାତୀର ଦେଇ ଯାଉଁ ଯାଉଁ ଦେଖିଲେ ଯେ, ଅନେକ ଲୋକ ଗଙ୍ଗାରେ ସ୍ନାନ କରି ଫଳ-ପୁଷ୍ପ ହସ୍ତ ହୋଇ ତତ୍‌ପାର୍ଶ୍ୱବର୍ତ୍ତୀ ମନ୍ଦିରକୁ ଗମନ କରୁଅଛନ୍ତି । ସେ ମନ୍ଦିରର ନାମ କାଳୀମନ୍ଦିର । ଏହି ସମୟରେ ଜାନକୀନାଥ ସେନ ସସ୍ତ୍ରୀକ ହୋଇ ପୁତ୍ର କାମନାର୍ଥେ ଚାରିଗୋଟି ମେଷ ଶାବକ ଏ ଦେବୀଙ୍କଠାରେ ବଳିଦେବାକୁ ଆସିଅଛନ୍ତି । ଏ ଦୁହେଁ ସେ ମନ୍ଦିରକୁ ଯାଇ ଦେବୀପୂଜା

କରି ବଳି ଦେଉଥିବା ସମୟରେ କଳାବତୀ ପ୍ରବିଷ୍ଟ ହୋଇ ଦେଖିଲେ ଯେ, ସେହି ମନ୍ଦିର ପାର୍ଶ୍ୱରେ ଗୋଟିଏ ଶୋଣିତ ସ୍ରୋତ ବହି ଯାଉଅଛି। ଆହା! କି ଦୁଃଖର ବିଷୟ! ଏଠାରେ କାହିଁକି ଶତଶତ ପଶୁହତ୍ୟା କରନ୍ତି। ବୋଧହୁଏ ଏମାନେ ବଡ଼ ନିର୍ଦ୍ଦୟ। ଭକ୍ତିବଶତଃ ଏପରି କାର୍ଯ୍ୟ କରନ୍ତି ନାହିଁ; ମାତ୍ର ଏମାନେ ମାଂସାଶୀ ହେବାରୁ ଏପରି କାର୍ଯ୍ୟ କରୁଅଛନ୍ତି। ଏପରି କଳାବତୀ ଭାବି ଭାବି କାଳୀ ଦର୍ଶନକରି ବସାକୁ ଫେରିଗଲେ। ସାୟଂକାଳରେ ସାୟଂସମୀରଣ ସେବା କରିବାଲାଗି କଳାବତୀ ଗମନ କଲାବେଳେ ଦେଖିଲେ ଯେ ଅନେକ ଲୋକ ସମବେତ ହୋଇଅଛନ୍ତି, ସାଧାରଣତଃ ଦୁଇସହସ୍ରରୁ ଅଧିକ ଅଶ୍ୱଯାନ ଥକି ରହିଅଛି। କଳାବତୀ ସେଠାରେ କେତେକାଳ ଯାପନ କଲେ। ବିଶ୍ୱଜିତ୍ ତର୍କବାଚସ୍ପତି ଇଂରାଜି ବିଦ୍ୟାରେ ଧୁରନ୍ଧର। ତାହାଙ୍କର ବୟଃକ୍ରମ ପ୍ରାୟ ସପ୍ତତି ବର୍ଷ ହେବ। ଏହି ମହାତ୍ମାଙ୍କର କଥାବାର୍ତ୍ତା ଓ ବେଶଭୂଷା, ଇଂରାଜିମାନଙ୍କ ତୁଲ୍ୟ ଏବଂ ନିଜ ପତ୍ନୀ ସହିତ ଗୋଟିଏ ଅଶ୍ୱଯାନରେ ବସିଅଛନ୍ତି। ହରିପ୍ରିୟା ଅଙ୍ଗୁଲି ଦେଖାଇ ପଚାରିଲେ–"ଏହି ପୋଲକ୍ରୀଡ଼ା ସ୍ଥାନରେ ଉପସ୍ଥିତ ହେବା ଭଦ୍ର ସନ୍ତାନମାନଙ୍କ ନାମ କହିବା ହେଉନ୍ତୁ।"

ବିଶ୍ୱଜିତ୍–ପଟିଆଲା ମହାରାଜ, କୁଚ୍‌ବିହାର ମହାରାଜ, ଦ୍ୱାରବଙ୍ଗା ମହାରାଜ, ମହାରାଜ ଯତୀନ୍ଦ୍ରମୋହନ ଠାକୁର ପ୍ରଭୃତି ହିନ୍ଦୁ ମହାରାଜମାନେ; ଏଠା ବଡ଼ଲାଟ, ଛୋଟଲାଟ, ଓଡ଼ିଶା କମିଶନର, କର୍ଣ୍ଣଲ୍ ପ୍ରଭୃତି ଇଉରୋପୀୟନ୍ ଭଦ୍ର ସନ୍ତାନମାନେ ଉପସ୍ଥିତ ଅଛନ୍ତି।

ହରିପ୍ରିୟା–ବାବୁ କେଶବଚନ୍ଦ୍ର ସେନ ଆପଣାର ଦୁହିତାକୁ କେଉଁ ମହାରାଜଙ୍କୁ ପ୍ରଦାନ କରିଅଛନ୍ତି ?

ବିଶ୍ୱଜିତ୍–ଏହି କୁଚ୍‌ବିହାର ମହାରାଜଙ୍କୁ ପ୍ରଦାନ କରିଅଛନ୍ତି। ଏଣୁ ବ୍ରାହ୍ମଧର୍ମର ଉନ୍ନତି ହୋଇପାରିବ ନାହିଁ।

ହରିପ୍ରିୟା–ସବିଶେଷରେ କହିବା ହେଉନ୍ତୁ।

ବିଶ୍ୱଜିତ୍–ରାଜା ରାମମୋହନ ରାୟ ଏହି ବ୍ରାହ୍ମଧର୍ମର ସଂସ୍ଥାପକ ଅଟନ୍ତି। ଏହି ମହାତ୍ମା ଇଂଲଣ୍ଡ ଗମନକରି ବ୍ରାହ୍ମଧର୍ମ ପ୍ରଚାର କରୁ କରୁ ପ୍ରାଣତ୍ୟାଗ କଲେ ଓ କେଶବ ବାବୁ ଏହି ଧର୍ମାବଲମ୍ୱୀ ଥିଲେ। ଅସୀମଜ୍ଞାନ ଓ ପ୍ରବଳ ଧୀଶକ୍ତି ଯୋଗୁଁ ଅଳ୍ପ ସମୟରେ ସଂସ୍କୃତ ଓ ଇଂରାଜି ବିଦ୍ୟାରେ ପାରଦର୍ଶିତା ଲାଭକରି ବ୍ରାହ୍ମଧର୍ମର ପ୍ରଚାରକ ହେଲେ। କଳିକତାରେ ଅନେକ ଦିନ ବ୍ରାହ୍ମଧର୍ମ ବିଷୟରେ ବକୃତା ପ୍ରଦାନ କରି ଅନେକ ଲୋକଙ୍କୁ ସ୍ୱଧର୍ମରେ ଦୀକ୍ଷିତ କରାଇଥିଲେ। ଏହି ଧର୍ମରେ ସର୍ବଭୂତ ଦୟା, ଏକୋବ୍ରହ୍ମ; ପିତୁଳା ପୂଜା ନାହିଁ, ଜାତିଭେଦ ନାହିଁ, ସୁରାପାନ ଗର୍ହିତ। କେଶବ

ବାବୁ ଇଂଲଣ୍ଡ ଗମନ କରି ବହୁଦିବସ ଇଂଲଣ୍ଡର ପ୍ରତି ଗଲ୍ଲିରେ ବ୍ରାହ୍ମଧର୍ମ ବିଷୟରେ ବକ୍ତୃତା ପ୍ରଦାନ କରିଥିଲେ। ଇଂଲଣ୍ଡବାସୀ ସମସ୍ତେ ଏହି ମହାତ୍ମାଙ୍କ ବକ୍ତୃତାରେ ମୋହିତ ହୋଇ ବ୍ରାହ୍ମଧର୍ମର ମର୍ମ ଗ୍ରହଣ କରି ସେହି ଧର୍ମରେ ଦୀକ୍ଷିତ ହେବାକୁ ବସିଲେ। କେଶବ ବାବୁ କହିଲେ ବାଲିକାର ବୟସ ଚତୁର୍ଦ୍ଦଶ ବର୍ଷରୁ ଊର୍ଦ୍ଧ୍ୱ ନ ହେଲେ କଦାପି ବିବାହ ଦେବାକୁ ହେବନାହିଁ। ଏହି ନୀତି ଗ୍ରହଣ କରି ସମସ୍ତ ଇଂଲଣ୍ଡୀୟମାନେ ଅତ୍ୟନ୍ତ ଆନନ୍ଦିତ ହେଲେ। ଆଜିକାଲି ଭାରତ ଓ ଇଂଲଣ୍ଡରେ ଏକମାତ୍ର ବ୍ରାହ୍ମମତ ପ୍ରଚାର ହୋଇଥାଆନ୍ତା। ଏଥିରେ ଅଣୁମାତ୍ର ସନ୍ଦେହ ନାହିଁ। ମାତ୍ର କେଶବ ବାବୁ ଏହି ଧର୍ମ-ବୃକ୍ଷ ଭଲରୂପେ ବଢ଼ାଇ ଆପେ କୁଠାର ଧରି ମୂଳ ଛେଦନ କଲେ।

ହରିପ୍ରିୟା—କାହିଁକି ସେପରି କଲେ ?

ବିଶ୍ୱଜିତ୍—କୁଚ୍‌ବିହାର ମହାରାଜଙ୍କ ସହିତ ସମ୍ବନ୍ଧ କରିବା ନିମନ୍ତେ ଅଷ୍ଟବୟସ୍କା ନିଜ ଦୁହିତାଙ୍କୁ ଏହି ମହାତ୍ମାଙ୍କୁ ବିବାହ ଦେଲେ। ଅତଏବ ବ୍ରାହ୍ମଧର୍ମ ପ୍ରତି ଇଂଲଣ୍ଡୀୟମାନଙ୍କ ମନ ବଳିଲା ନାହିଁ। ତଦବଧି ବ୍ରାହ୍ମଧର୍ମର କର୍ମବିକାଶ ହୋଇପାରିଲା ନାହିଁ। ମାତ୍ର କ୍ରମଶଃ ଏହି ଧର୍ମ ହ୍ରାସ ହେଲା।

କଳାବତୀ ବ୍ରାହ୍ମଧର୍ମର ମର୍ମ ବୁଝି କ୍ରୀଡ଼ାପ୍ରତି ଦୃଷ୍ଟିଦେଲେ। କ୍ରୀଡ଼କମାନେ ଅଶ୍ୱାରୋହଣପୂର୍ବକ ଉଲ୍କାସମ ଅଗ୍ନିମୟ ବର୍ତ୍ତୁଳ ଘେନି କ୍ରୀଡ଼ା କରୁଅଛନ୍ତି। ଦର୍ଶକମଣ୍ଡଳୀର ଆନନ୍ଦସାଗର ପରିବର୍ଦ୍ଧିତ ହେଉଅଛି। ଦର୍ଶକମାନଙ୍କରୁ କେତେ କଳାବତୀର ଅଲୌକିକ ରୂପ ଲାବଣ୍ୟ ସନ୍ଦର୍ଶନରେ ବିମୋହିତ ହୋଇ ସେ ଏକାକିନୀ ଅଶ୍ୱଯାନରେ ଉପବିଷ୍ଟ ଥିବାରୁ ଏକାଗ୍ର ନୟନରେ ତାହାଙ୍କୁ ଚାହିଁ ରହିଲେ। ମାତ୍ର କିଛିହିଁ ପଚାରି ପାରିଲେ ନାହିଁ। କ୍ରୀଡ଼ାଦର୍ଶନ କଲା ବାଦ୍ କଳାବତୀ ନିଜ ଆବାସକୁ ଆସିବାକୁ ପ୍ରତ୍ୟାବର୍ତ୍ତନ କରିବା ସମୟରେ ଇଉରୋପୀୟାନ୍‌ମାନେ ବାସ କରିଥିବା ଗଲ୍ଲିଦେଇ ଗାଡ଼ି ଚଲାଇବାକୁ ଗାଡ଼ିବାଲାକୁ ଆଦେଶ ଦେବାରୁ ତଦନୁସାରେ ସେ ଗାଡ଼ି ଚଲାଇଲା। ଇତୀମଧ୍ୟରେ କେତେ ସୁରାପାନରେ ଜ୍ଞାନ ହରାଇ ବାତୁଲପରି ପ୍ରଲାପ ବଚନ କହି ଇତସ୍ତତଃ ପଡ଼ି ରହିଅଛନ୍ତି। ପର ଦିବସରେ କଲିକତା ଟାଉନ୍‌ହାଲରେ ଗୋଟିଏ ବୃହତ୍ ଅଧିବେଶନ ହୋଇଥିଲା। ସେଠାରେ ଅନେକେ ସମବେତ ହୋଇଥିଲେ। ଏମାନଙ୍କ ମଧ୍ୟରେ ଲାଲମୋହନ, ଅମରେନ୍ଦ୍ରନାଥ, ଶ୍ରୀପତିପଦ ବାନାର୍ଜୀ, ଶିବଚନ୍ଦ୍ର, ସୀତାନାଥ ଘୋଷାଲ ପ୍ରଭୃତି ଭଦ୍ରଲୋକମାନେ ପ୍ରଧାନ ଥିଲେ। ହିନ୍ଦୁ ଧର୍ମର ପ୍ରାଧାନ୍ୟ ଲୋକଙ୍କୁ ପ୍ରବୋଧ କରି ସୁସୃଙ୍ଖଳ ଭାବରେ ପ୍ରଚାର କରିବାଲାଗି ଶ୍ରୀବିବେକପ୍ରଦ ସରସ୍ୱତୀ ବକ୍ତୃତା ପ୍ରଦାନ କରୁଥିବା ସମୟରେ କଳାବତୀ ସଭାରେ ପ୍ରବିଷ୍ଟ ହୋଇ ମନେ ମନେ ଭାବନା କଲେ। – “ହା କି ସୁଖର ବିଷୟ!

ଏଠାରେ ମଧ୍ୟ ହିନ୍ଦୁ ଧର୍ମ ଚର୍ଚ୍ଚା ହେଉଅଛି ଏବଂ ହିନ୍ଦୁ ଧର୍ମ ଶୁଣିବାଲାଗି ନବ୍ୟସଭ୍ୟମାନେ ମଧ୍ୟ ସରାଗରେ ଆସୁଅଛନ୍ତି । ଦେଖିବା ଅବଶେଷରେ ଏହାର ଫଳ କି ହେବ” । ଏଣେ ଆନନ୍ଦମୋହନ ବୋଷ ଅମରେନ୍ଦ୍ର ବାବୁଙ୍କୁ ଡାକି କହୁ ଅଛନ୍ତି ।

ଆନନ୍ଦ—ଏହି ସର୍ବାଙ୍ଗ ସୁନ୍ଦରୀ ଯୁବତୀ କେଉଁଠାରୁ ଆସିଅଛନ୍ତି । ଏହାଙ୍କର ଅଙ୍ଗସୌଷ୍ଠବ ଓ ମୁଖ ବିଳାସ ଦେଖିଲେ ବୋଧହୁଏ ଏ ଜଣେ ବିଦ୍ୟାବତୀ ହୋଇଥିବେ । ଏ ଗୁଣବତୀ ହୋଇନଥିଲେ ଏଠାରେ କଦାପି ପ୍ରବିଷ୍ଟ ହୋଇ ନ ଥାନ୍ତେ । ଭାଗ୍ୟଥିଲେ ଏହି ଯୁବତୀରତ୍ନଙ୍କ ମୁଖରୁ ପଦେ ଅଧେ ଶୁଣି ଚରିତାର୍ଥ ହୁଅନ୍ତାଇଁ । ଅମରେନ୍ଦ୍ର ! ତାହାର ଉପାୟ କର ।

ଅମର—ହେଉ ସେପରି କରିବା । ସେହିକ୍ଷଣି ଅମରେନ୍ଦ୍ର ଉମେଶଚନ୍ଦ୍ର ବାବୁଙ୍କ କର୍ଣ୍ଣରେ କହିଲେ । — “ଏହି ଗୁଣବତୀ ଆଜି ସଭାରେ ପଦେ ଅଧେ କହିବାପରି ବନ୍ଦୋବସ୍ତ କରିବା ହେଉନ୍ତୁ” ।

ଉମେଶଚନ୍ଦ୍ର ବୟୋବୃଦ୍ଧ ମାନ୍ୟ ଏବଂ ପଣ୍ଡିତ ହେବାଯୋଗୁଁ ତାହାଙ୍କ ବଚନ ସଭାସଦ୍‌ଗୁଣ ପାଳନ କରିବେ । ତାହାଙ୍କର ଏହି ଦୃଢ଼ବିଶ୍ୱାସ ଥିଲା । ଯେତେବେଲେ ବିବେକପ୍ରଦ ସରସ୍ୱତୀଙ୍କର ବକ୍ତୃତା ସମାପନ ହେଲା ତାହାଙ୍କୁ ଅଭିବାଦନ କରିବା ଲାଗି ବାବୁ ଉମେଶଚନ୍ଦ୍ର କଳାବତୀଙ୍କୁ ନିମନ୍ତ୍ରଣ କଲେ । କଳାବତୀ ବାବୁଙ୍କ ପ୍ରାର୍ଥନାରେ ସମ୍ମତି ପ୍ରଦାନ କରି ବସିବା ସ୍ଥାନରେ ଦଣ୍ଡାୟମାନ ହୋଇ କହିବାକୁ ଲାଗିଲେ ।

ଦର୍ଶକମଣ୍ଡଳୀ ଦଣ୍ଡାୟମାନା କଳାବତୀଙ୍କୁ ଦେଖି ଆନନ୍ଦ ସହ ପ୍ରାର୍ଥନା କଲେ । — “ମଞ୍ଚୋପରି ଅଧିରୋହଣ କରି କହିବା ହେଉନ୍ତୁ” ।

କଳାବତୀ—(ମଞ୍ଚୋପରି ଅଧିରୂଢ଼ ହୋଇ) ମହାଶୟବର୍ଗ ! ହିନ୍ଦୁଧର୍ମ ବିଷୟରେ ଯାହା ବିବେକପ୍ରଦ ସରସ୍ୱତୀ କହିଅଛନ୍ତି ତାହା ସମସ୍ତଙ୍କର ବିବେକପ୍ରଦ ଅଟେ । ସ୍ୱଧର୍ମ ପାଳନ ସର୍ବଭୂତଦୟା କର୍ତ୍ତବ୍ୟ, ମଦ୍ୟପାନ ଏବଂ ପରଧନାପହରଣ ଗର୍ହିତ । ଏହି ବିଷୟରେ ଯାହା ମହାଶୟ ସବିଶେଷରେ କହି ଯାଇଅଛନ୍ତି ଆମ୍ଭେ ଶତମୁଖରେ ଧନ୍ୟବାଦ ଦେଲେ ମଧ୍ୟ ତାହାଙ୍କର ରଣ ପରିଶୋଧନ କରିପାରିବୁ ନାହିଁ । ଈଶ୍ୱର ଏହି ମହାତ୍ମାଙ୍କୁ ଚିରଜୀବୀ କରନ୍ତୁ । ସଂସ୍କୃତ ହିନ୍ଦୁଧର୍ମ ଏହାଙ୍କଦ୍ୱାରା ଜଗତରେ ପ୍ରଚାରିତ ହେଉ । କଳାବତୀ ଭଦ୍ରମଣ୍ଡଳୀରେ ପ୍ରଶଂସିତା ଓ ପରିଚିତା ହୋଇ ନିଜ ଆବାସକୁ ପ୍ରସ୍ଥାନ କଲେ । କଳାବତୀ ବ୍ରାହ୍ମଧର୍ମ ଓ ହିନ୍ଦୁଧର୍ମର ମର୍ମ ବୁଝି ଖ୍ରୀଷ୍ଟଧର୍ମ ବୁଝିବା ନିମନ୍ତେ ମନ ବଳାଇଲେ । ମାତ୍ର ଇଂରାଜୀ ନ ପଢ଼ିଲେ ଖ୍ରୀଷ୍ଟଧର୍ମ ଭଲରୂପେ ଜାଣିବାକୁ ହେବନାହିଁ ଅତଏବ ଇଂରାଜୀ ବିଦ୍ୟା ଶିକ୍ଷା କରିବାର ଆବଶ୍ୟକ । ଏଠାରେ କଳାବତୀ ରହି ବେଥୁନ୍ କଲେଜରେ ଇଂରାଜୀ ବିଦ୍ୟା ଶିକ୍ଷା କରିବା ନିମନ୍ତେ ଦୃଢ଼ ସଙ୍କଳ୍ପ କଲେ

ଏବଂ ତଦବଧି ଛଅ ବର୍ଷ ପର୍ଯ୍ୟନ୍ତ ଉକ୍ତ କଲେଜରେ ଇଂରାଜି ବିଦ୍ୟାଭ୍ୟାସ କଲେ। ସଂସ୍କୃତ ବିଦ୍ୟାରେ ସଂପୂର୍ଣ୍ଣ ଜ୍ଞାନ ଥିବା ଯୋଗୁଁ, ଅବଳୀଳାକ୍ରମେ ତାହାଙ୍କୁ ଇଂରାଜି ବିଦ୍ୟାଶିକ୍ଷା କରିବାକୁ ହେଲା। ତିନିବର୍ଷ ମଧ୍ୟରେ କଳାବତୀ ପ୍ରବେଶିକା ପରୀକ୍ଷାରେ ଉତ୍ତୀର୍ଣ୍ଣ ହେବାରୁ ଶିକ୍ଷକମାନେ ଓ ସହାଧ୍ୟାୟୀମାନେ ଏହି ଯୁବତୀର ପ୍ରବଳ ଧୀଶକ୍ତ ଅବଲୋକନ କରି ଚମତ୍କୃତ ଓ ବିମୋହିତ ହେଲେ। ପ୍ରବେଶିକାରେ ଉତ୍ତୀର୍ଣ୍ଣ ହେବା ପୂର୍ବେ ଅନେକ ଇଂରାଜି ପୁସ୍ତକ ଅଧ୍ୟୟନ କରିଥିଲେ। ତତ୍ପରେ ଆଉ ତିନି ବର୍ଷ ସେହି କଲେଜରେ ପଢ଼ି ସର୍ବୋତ୍କୃଷ୍ଟ ଛାତ୍ରୀ ହୋଇ ବି.ଏ. ଉପାଧି ଗ୍ରହଣ କଲେ। କଳାବତୀ ପାଠପଢ଼ିବା ସମୟରେ ସହାଧ୍ୟାୟିନୀମାନଙ୍କ ସହିତ ସୁସ୍ନେହ ଓ ସରଳ ଭାବରେ ଏବଂ ଶିକ୍ଷକମାନଙ୍କ ସହିତ ଭକ୍ତିଭାବରେ କାଳ କାଟୁଥିଲେ। ଏହାଙ୍କର ସୌଜନ୍ୟ ଜନସମାଜର ମନୋହରଣ କରୁଥିଲା। କଳାବତୀ ପଢ଼ିବା ସମୟରେ ସ୍ୱର୍ଣ୍ଣମୟୀ ତାହାଙ୍କର ସହାଧ୍ୟାୟିନୀ ଥିଲେ। ଦୁହେଁ ସମବୟସ୍କା ଓ ସୁଶୀଲା ଥିବାରୁ ସ୍ନେହ ସୂତ୍ରରେ ଆବଦ୍ଧ ହେଲେ। ସ୍ୱର୍ଣ୍ଣମୟୀ କଳାବତୀଙ୍କୁ ଅସାମାନ୍ୟ ଧୀସଂପନ୍ନା ଦେଖି ତାହାଙ୍କୁ ପଚାରିଲେ। –”ମୁଁ ଅତ୍ୟନ୍ତ ଅଧ୍ୟବସାୟ ଓ ପରିଶ୍ରମ ସହ ବିଦ୍ୟାଭ୍ୟାସ କଲେ ମଧ୍ୟ ଆପଣଙ୍କ ସହିତ ସମକକ୍ଷା ହୋଇ ପାରୁନାହିଁ ଏବଂ କି ଉପାୟ ଅବଲମ୍ୱନ ମୋର ଧୀଶକ୍ତ ଆପଣଙ୍କ ପରି ହେବ ?”

କଳାବତୀ–ଆପଣ ମୋ ସହିତ ବିଦ୍ୟାଭ୍ୟାସ କରନ୍ତୁ। ଅବଶ୍ୟ ଆପଣଙ୍କ ଧୀଶକ୍ତି ବୃଦ୍ଧି ହେବ।

ତଦବଧି ସ୍ୱର୍ଣ୍ଣମୟୀ କଳାବତୀଙ୍କ ସହିତ ଅଧ୍ୟୟନ କଲେ। କଳାବତୀ ସ୍ୱର୍ଣ୍ଣମୟୀଙ୍କୁ ପଢ଼ିବା ମାର୍ଗ ଭଲରୂପେ ବତାଇ ଦେବାରୁ ସ୍ୱର୍ଣ୍ଣମୟୀଙ୍କ ଧୀଶକ୍ତି କ୍ରମଶଃ ଅଭିବୃଦ୍ଧି ହେଲା। ସ୍ୱର୍ଣ୍ଣମୟୀ ଇଷ୍ଟଲାଭରେ ସାତିଶୟ ସନ୍ତୁଷ୍ଟ ଲାଭ ହୋଇ ଅନ୍ତର ସହ ଧନ୍ୟବାଦ ଦେଲେ। କଳାବତୀ ବୈଷ୍ଣବଧର୍ମର ପରିଚୟ ନେବାଲାଗି କଲିକତା ପରିତ୍ୟାଗ କରି ଗୋକୁଳ ବୃନ୍ଦାବନ ଯିବାକୁ ଦୃଢ଼ ସଂକଳ୍ପ କଲେ। ଏହି ସମୟରେ କଲିକତା ନିବାସୀମାନେ କଳାବତୀଙ୍କୁ ଆଉ କେତେକାଳ କଲିକତାରେ ରହିବାକୁ ଅନୁରୋଧ କରନ୍ତେ କଳାବତୀ କହିଲେ। –”ଭାରତର କେତେ କେତେ ପୁଣ୍ୟାଶ୍ରମ ଭ୍ରମଣ କରି ଫେରି ଏଠାକୁ ଆସିବି।”

ତୃତୀୟ ପରିଚ୍ଛେଦ

ବୃନ୍ଦାବନ ମହାତ୍ମ୍ୟ

କଳାବତୀ ବୃନ୍ଦାବନ ଯିବା ମାର୍ଗରେ ବାରାଣସୀ ତାହାଙ୍କର ଦୃଷ୍ଟିପଥରେ ପଡ଼ିଲା। ସେଠାରେ କେତେକାଳ ଅବସ୍ଥାନ କରି ପଣ୍ଡିତମାନଙ୍କଠାରେ ନିଜ ଗୁଣର ପରିଚୟ ଦେଲେ। ପଣ୍ଡିତମାନେ ତାହାଙ୍କର ସଂସ୍କୃତ ବିଦ୍ୟାରେ ପାରଦର୍ଶିତା ଦେଖି ଚମକ୍କୃତ ଓ ସନ୍ତୁଷ୍ଟ ହେଲେ। ଦିନେ ପଣ୍ଡିତ ସଦାଶିବ ଶାସ୍ତ୍ରୀ କଳାବତୀଙ୍କ ନାମ ଧାମ ଓ ବର୍ଣ୍ଣାଶ୍ରମ ବୃତ୍ତି ପଚାରିଲେ।

ସଦାଶିବ–ଆପଣ କେତେକାଳଯାଏ ଏପରି ଅବସ୍ଥାରେ ରହିବା ହେବେ ?

କଳାବତୀ–ଆପଣଙ୍କ ଉଦ୍ଦେଶ୍ୟ ବୁଝିପାରିଲୁ ନାହିଁ।

ସଦାଶିବ–ଆମ୍ଭର ଉଦ୍ଦେଶ୍ୟ ଏହା ଯେ, ଆପଣ କେତେକାଳ ଅବିବାହିତା ହୋଇ ରହିବେ ?

କଳାବତୀ–ଦେଶ ଭ୍ରମଣରେ ମୋର ମନ ବଳି ଅଛି। ମୋର ମନୋରଥ ପୂର୍ଣ୍ଣ ହେଲା ବାଦ ଗୃହାସ୍ଥାଶ୍ରମ ଗ୍ରହଣ କରିବି। ଶାସ୍ତ୍ରୀ ଆଉ କିଛି ପ୍ରଶ୍ନ ନକରି ମୌନ ହେଲେ, କଳାବତୀ ଉଦ୍ଦେଶ୍ୟ ସ୍ଥାନପ୍ରତି ଗମନ କଲେ। କଳାବତୀ ଦ୍ୱାବିଂଶତି ବର୍ଷ ବୟଃକ୍ରମ ସମୟରେ ବୃନ୍ଦାବନରେ ପ୍ରବିଷ୍ଟ ହେଲେ। ସେ ଆମ୍ଭମାନଙ୍କ ଭକ୍ତିମୁକ୍ତି ଓ ପ୍ରେମଦାୟକ ଶ୍ରୀ ରାଧାଗୋବିନ୍ଦଙ୍କ ବିଳାସ କ୍ଷେତ୍ରମାନ ଦ୍ୱାଦଶ ବନ ଓ ପୁଣ୍ୟାଶ୍ରମମାନ ପରିକ୍ରମା କରୁଥିଲେ ଏବଂ ପରିକ୍ରମା କରୁଥିବାବେଳେ ସ୍ଥାନେ ସ୍ଥାନେ ଶ୍ରୀକୃଷ୍ଣଙ୍କ ସାଙ୍କେତିକ ଚିହ୍ନମାନ ଦେଖି ସାତିଶୟ ଆନନ୍ଦିତ ହେଉଥିଲେ। ସନ୍ନିକଟ ବନମାନଙ୍କରେ ବୈଷ୍ଣବମାନେ ଆଶ୍ରୟ ନେଇ ସତତ ଭଗବଦ୍ ବିଷୟ ପର୍ଯ୍ୟାଲୋଚନାରେ କାଳ କାଟୁଥିବାର ଦେଖି ସେ ଚିରକାଳ ସେଠାରେ ବାସ କରିବାକୁ ମନ ବଳାଇଲେ। ଦୁଇ ମାସ ମଧ୍ୟରେ ବୃନ୍ଦାବନର ସମସ୍ତ ମନ୍ଦିର ସେ ଦର୍ଶନ କଲେ। ଦିନେ ଗୋବିନ୍ଦଜୀଉଙ୍କ ମନ୍ଦିରକୁ ଯିବା ସମୟରେ ସେଠାରେ ଚାରିଜଣ ବଙ୍ଗାଳୀ ସ୍ତ୍ରୀ ମଠାଧିକାରୀଙ୍କର ସେବା

କରୁଥିଲେ । କଳାବତୀଙ୍କ ଅଲୌକିକ ଶୋଭା ସନ୍ଦର୍ଶନରେ ମଠାଧିକାରୀ ମୁଗ୍ଧ ହୋଇ ମଞ୍ଜୁବାଣୀକୁ କହିଲେ ।

ଅଧିକାରୀ–ଏହି ଯୁବତୀର ନାମ ଧାମ ପଚାରି ଆସ ।

ମଞ୍ଜୁ–ଆଜ୍ଞା, ସେହିପରି ପଚାରିବି । ଯାଉଛି ।

ମଞ୍ଜୁବାଣୀ ମନ୍ଦିରକୁ ଯାଇ ଦେଖିଲେ ଯେ କଳାବତୀ ଈଶ୍ୱର ଧ୍ୟାନରେ ରତ ଅଛନ୍ତି । ତେବେ ସେ ମନେ ମନେ ବିଚାର କଲେ ।

ମଞ୍ଜୁ–ଏହି ଗୁଣବତୀ ଆମ୍ଭ ମେଳାରେ ରହିଲେ ଆମ୍ଭେମାନେ ଭାଗ୍ୟବତୀ ହେଉନ୍ତୁ ।

ଏହି ସମୟରେ କଳାବତୀ ମୁଖ ବୁଲାଇ ଦେଖିଲେ ଯେ ସମ୍ମୁଖରେ ମଞ୍ଜୁବାଣୀ ଦଣ୍ଡାୟମାନା ।

କଳାବତୀ–ଆପଣ କେଉଁଠାରେ ନିବାସ କରିଅଛନ୍ତି ? କି କାର୍ଯ୍ୟରେ ନିଯୁକ୍ତ ?

ମଞ୍ଜୁ–ଆମ୍ଭେ ବୈଷ୍ଣବଧର୍ମ ରୀତ୍ୟନୁସାରେ ଭେକ ନେଇଅଛୁଁ । ସନ୍ତତ ଗୋବିନ୍ଦଜୀଉଙ୍କ ଓ ତାହାଙ୍କ ଅଧିକାଙ୍କ ସେବାରେ ନିଯୁକ୍ତ ଅଛୁଁ ।

କଳା–ତେବେ ଏହି ଗୋକୁଳରେ କେତେ କାଳ ହେଲା ବାସ କରିଅଛ ?

ମଞ୍ଜୁ–ଆମ୍ଭେ ଆଜକୁ ପାଞ୍ଚବର୍ଷ ହେଲା ବାସ କରିଅଛୁଁ ।

କଳା–ତୁମ୍ଭ ସଙ୍ଗେ ଆଉ କେଉଁମାନେ ଅଛନ୍ତି ?

ମଞ୍ଜୁ–ଲୀଲାବତୀ, ପଦ୍ମମାଳୀ ଓ ବୀଣାପାଣି ଏହି ତିନି ଜଣ ଅଛନ୍ତି ଏବଂ ଏମାନେ ମଧ୍ୟ ଆମ ଅଧିକାରିଙ୍କ ସେବାରେ ନିଯୁକ୍ତ । ଆପଣଙ୍କ ନାମ ଧାମ କହିବା ହେଉନ୍ତୁ ।

କଳା–ମୋର ନାମ କଳାବତୀ । ଜନ୍ମସ୍ଥାନ ରାୟପୁର । ଭାଗ୍ୟବଶତଃ ଏଠାରେ ପ୍ରବିଷ୍ଟ ହୋଇଅଛି ।

ମଞ୍ଜୁ–ଆପଣ କେଉଁ ଆଶ୍ରମ ନେଇଅଛନ୍ତି ?

କଳା–ଆଜିଯାଏ ଆମ୍ଭ ଆଶ୍ରମର ଠିକ୍ ହୋଇନାହିଁ । ଗୋବିନ୍ଦଙ୍କ ଇଚ୍ଛା ।

ମଞ୍ଜୁ–ଆମ୍ଭ ପ୍ରାର୍ଥନାରେ ସମ୍ମତି ପ୍ରଦାନ କରି ଏହି ମନ୍ଦିରରେ କେତେକାଳ ଅବସ୍ଥାନ କରନ୍ତୁ । ଏହି ମହାପ୍ରଭୁଙ୍କର ମହିମା ଓ ଅଧିକାରୀଙ୍କର ପ୍ରେମ-ଭକ୍ତି ଜ୍ଞାତ ହେବେ ।

କଳା–ଆମ୍ଭେମାନେ କରିବା କଥା ଜାଣିଲା ମାତ୍ର ଏତିକି ସଂଶୟ ଯେ ଅଧିକାରୀ ଆମକୁ ପ୍ରସାଦ ଦେବେ କି ନାହିଁ ।

ମଞ୍ଜୁ–ତୁମ୍ଭଙ୍କୁ ଦେବେ ନାହିଁ ? ତୁମ୍ଭପରି ଆଉ କେତେ ଆସିଲେ ଅଧିକାରୀ

ଅବଶ୍ୟ ରଖିବେ। ଅଧିକାରୀ ବଡ଼ ପ୍ରେମିକ। ତାହାଙ୍କ ପ୍ରେମ ତୁମ୍ଭେ ତ ଜାଣନାହିଁ। ତୁମ୍ଭ ଆଗେ କହିଲେ କି ହେବ? କେତେଦିନ ଅବସ୍ଥାନ କରନ୍ତୁ। ଯେତେବେଳେ ତୁମ୍ଭେ ତାହାଙ୍କ ପ୍ରେମଭକ୍ତ ଜ୍ଞାତହେବ ତେତେବେଳେ ତାହାଙ୍କୁ ନ ଛାଡ଼ି ସନ୍ତତ ତାହାଙ୍କ ସେବାରେ ଲାଗିଥିବ।

କଳା-ମଞ୍ଜୁବାଣୀ! ପଛେ ଏକଥାମାନ ବୁଝିବା। ଆମ୍ଭେ ଏଠାରେ ରହିବା ବିଷୟରେ ଅଧିକାରୀଙ୍କୁ ପଚାରି ଆସ।

ମଞ୍ଜୁବାଣୀ ସହର୍ଷମନରେ ଅଧିକାରୀଙ୍କ ଛାମୁରେ ଦଣ୍ଡାୟମାନା। ମଞ୍ଜୁବାଣୀର ମୁଖ ଓ ନୟନ ଭଙ୍ଗୀ ଦେଖି କାତରଭାବରେ ଅଧିକାରୀ ପଚାରିଲେ।

ଅଧିକାରୀ-ମଞ୍ଜୁବାଣୀ! କଣ କଲୁ?

ମଞ୍ଜୁ-ସବୁ କଥା ଠିକ୍ କଲି।

ଅଧି-କଣ ଠିକ୍ କଲୁ?

ମଞ୍ଜୁ-ତୁମ୍ଭର ମନ ତାହାଙ୍କଠାରେ ଯେପରି ତାହାଙ୍କର ମନ ମଧ୍ୟ ତୁମ୍ଭଠାରେ ସେହିପରି ବଳିଅଛି।

ଅଧି-ମଞ୍ଜୁବାଣୀ! ମନ ବଳିବା କଥା ଥାଉ, ଏଠାରେ ରହିବି ବୋଇଲେ କି?

ମଞ୍ଜୁ-ସେ କଥା ମୋ ହାତରେ ପଚାରି ପଠାଇଅଛନ୍ତି।

ଅଧି-କଣ ପଚାରି ପଠାଇଅଛନ୍ତି। କିଛି ତ କହୁନାହୁଁ।

ମଞ୍ଜୁ-"ଅଧିକାରୀ ମୋତେ ରଖିବେକି"? ଏହି କଥାଟି ପଚାରି ଆସ ବୋଲି ମୋତେ କାନେ କାନେ କହିଅଛନ୍ତି।

ଅଧି-ମଞ୍ଜୁ! ତାହାହେଲେ ଗୋବିନ୍ଦଜୀ ଆମ୍ଭ ମନୋଭୀଷ୍ଟ ସଂପୂର୍ଣ୍ଣ କରିବେ। ଆଜି ଅଧିକରେ କ୍ଷୀର, ଖେଚଡ଼ି ଗୋବିନ୍ଦଜୀଉଙ୍କୁ ଭୋଗ କର ବୋଲି ପୂଜାରିଙ୍କୁ କହିବେ ଏବଂ ସେହିବାଟେ ଯାଇ ଯୁବତୀରତ୍ନକୁ କହି। "ତୁମ୍ଭେ ଏଠାରେ ରହିବ ବୋଲି ଅଧିକାରୀ ପରମାନନ୍ଦିତ ହୋଇ ଅଛନ୍ତି।"

ମଞ୍ଜୁବାଣୀ ଅଧିକରେ କ୍ଷୀର, ଖେଚଡ଼ି ଭୋଗ କର ବୋଲି ପୂଜାରିକୁ କହି କଳାବତୀଙ୍କ ନିକଟକୁ ପ୍ରସ୍ଥାନ କଲେ।

ମଞ୍ଜୁ-କଳାବତୀ! ତୁମ୍ଭ ମନୋରଥ ଅଧିକାରୀ ଜାଣିଲେ ଏବଂ ଅତି ଆନନ୍ଦ ସହିତ ତୁମ୍ଭକୁ ଏଠାରେ ରହିବାକୁ ଆଜ୍ଞା କରିଅଛନ୍ତି। ତେତେବେଳେ ମଞ୍ଜୁବାଣୀ ଓ କଳାବତୀ ଦୁହେଁ ମିଶି ଅଧିକାରୀଙ୍କ ଛାମୁରେ ପ୍ରବିଷ୍ଟ ହେଲେ। କଳାବତୀ ଭକ୍ତିଭାବରେ ଅଧିକାରୀଙ୍କ ପାଦତଳେ ସାଷ୍ଟାଙ୍ଗ ଦଣ୍ଡବତ ପ୍ରଣାମ କରି ଛାମୁରେ ଠିଆ ହୋଇଅଛନ୍ତି।

ଅଧି–ମଞ୍ଜୁବାଣୀ ! ଏହାଙ୍କ ନାମ କଅଣ ?

ମଞ୍ଜୁ–ଆଜ୍ଞା, ଏହାଙ୍କର ନାମ କଳାବତୀ।

ଅଧି–କଳାବତୀ ! ତୁମ୍ଭର ମାତା ପିତା ଧନ୍ୟ। ତୁମ୍ଭେ ଉପଯୁକ୍ତ ବଂଶରେ ଜନ୍ମଗ୍ରହଣ କରିଅଛ। ନୋହିଲେ କାହିଁକି ବ୍ରଜପ୍ରାପ୍ତ ହୁଅନ୍ତ। ତୁମ୍ଭଙ୍କୁ କଳାବତୀ ନାମ ଯାହା ତୁମ୍ଭ ମାତାପିତା ପ୍ରଦାନ କରିଅଛନ୍ତି ଯଥାର୍ଥରେ ତୁମ୍ଭେ କଳାବତୀ, ଏଥିରେ ଅଣୁମାତ୍ର ସଂଶୟ ନାହିଁ। ତୁମ୍ଭେ ଗୋବିନ୍ଦଜୀଉଙ୍କ ସେବା କର ଏହି ବ୍ରଜରେ ବାସ କରେ।

କଳାବତୀ–ଆଜ୍ଞା, ଭାଗ୍ୟଥିଲେ ଏହିପରି କଥାମାନ ସମ୍ଭବିପାରେ। ଆପଣଙ୍କ ଦର୍ଶନ ମାତ୍ରକେ ଆମ୍ଭର ସମସ୍ତ ପାପ ଦୂରୀଭୂତ ହୋଇଅଛି ଏବଂ ଆପଣଙ୍କ ଅମୃତାୟମାନ ବଚନ ଆମ୍ଭ କର୍ଣ୍ଣକୁହରରେ ପ୍ରବିଷ୍ଟ ହୋଇ ଆମ୍ଭ କଲୁଷିତ ଅନ୍ତରାତ୍ମାକୁ ମାର୍ଜିତ କରିଅଛି। ଆପଣଙ୍କ କୃପା ହେଲେ ଗୋବିନ୍ଦଜୀଉଙ୍କୁ ସେବାକରି ବ୍ରଜରେ ବାସ କରିବି।

କଳାବତୀଙ୍କର ଏତାଦୃଶ ଅମୃତମୟ ବଚନ ଶୁଣି ଅଧିକାରୀ ଆନନ୍ଦସାଗରରେ ପ୍ଲାବିତ ହେଲେ। କଳାବତୀ ପାଞ୍ଚଦିନ ପର୍ଯ୍ୟନ୍ତେ କ୍ରମରେ ଦେଖିଲେ ଯେ ମଞ୍ଜୁବାଣୀ ପ୍ରଭୃତି ମହିଳାମାନେ ଉଷାକାଳରେ ଶଯ୍ୟା ପରିତ୍ୟାଗ କରି ରାଧାଗୋବିନ୍ଦ ନାମ ମୁଖରେ ଉଚ୍ଚାରଣପୂର୍ବକ ଭକ୍ତିଦାୟିନୀ ଯମୁନାରେ ସ୍ନାନ କରିବାକୁ ଯା'ନ୍ତି। ସ୍ନାନକରି ଆସି ମନ୍ଦିର ମାର୍ଜନା କରି ତୁଳସୀ ଓ ପୁଷ୍ପଚୟନ କରନ୍ତି। ଗୋବିନ୍ଦକୁ ଦର୍ଶନ କରି ଚରଣାମୃତ ପାନ କରନ୍ତି। ତତ୍ପରେ ଅଧିକାରୀଙ୍କ ସେବାରେ ମନୋଯୋଗ ହୁଅନ୍ତି। ଏମାନଙ୍କର ଏପରି ଭକ୍ତି ଦେଖି କଳାବତୀ ମନେ ମନେ ଭାବନା କଲେ, ଭାଗ୍ୟଥିଲେ ଏତାଦୃଶ ଲାଭ ହୁଏ। ଏଣେ ଅଧିକାରୀ କନ୍ଦର୍ପ ବାଧାରେ ପୀଡ଼ିତ ହୋଇ ମଞ୍ଜୁବାଣୀକୁ କହିଲେ।

ଅଧିକାରୀ–ମଞ୍ଜୁବାଣୀ ! ଅବଶ୍ୟ ଏଣିକି ଆମ୍ଭର ପ୍ରାଣ ଯିବ।

ମଞ୍ଜୁ–ଆଜ୍ଞା, କାହିଁକି ଏପରି କହୁଅଛନ୍ତି ?

ଅଧି–ଆଜକୁ ପାଞ୍ଚଦିନ ହେଲା କଳାବତୀ ଏଠାରେ ରହିଲାଣି। କେବେହେଲେ ରସ ପ୍ରସଙ୍ଗରେ ମନ ବଳାଇ ନାହିଁ। ଦିନକୁଦିନ କାମ ବିଶେଷ ବାଧା ଦେଲାଣି। ତୁ ଦେଖି ମଧ୍ୟ ତାହାକୁ କିଛି କହୁନାହୁଁ।

ମଞ୍ଜୁ–ମୁଁ ଗୋଟିଏ ଉପାୟ କହୁଅଛି ଶୁଣିବା ହେଉନ୍ତୁ। କାଲିକି ବ୍ୟଞ୍ଜନ ଦ୍ୱାଦଶୀ ହେବ। ସେ ତୁମ୍ଭଠାରୁ ମନ୍ତ୍ରଗ୍ରହଣ କରିବା ପରି ବଦୋବସ୍ତ କରୁଅଛି। ଯେତେବେଳେ ତୁମ୍ଭେ ତାହାକୁ ମନ୍ତ୍ରୋପଦେଶ ଦେବ, ଆମ୍ଭମାନଙ୍କୁ ସେପରି କରିଥିଲ ସେପରି ତାହାଙ୍କୁ କଲେ ଅବଶ୍ୟ ତୁମ୍ଭ ପ୍ରେମରେ ସେ ମଜ୍ଜିବେ !

ଅଧି–ଆଚ୍ଛା ହେଉ ତୁ ଶୀଘ୍ର ଯାଇ ସେ ବନ୍ଦୋବସ୍ତ କର ।

ମଣ୍ଟୁ–ସଖି ! କାଲିକି ବ୍ୟଞ୍ଜନ ଦ୍ୱାଦଶୀ । ଭଲଦିନ । ଅଷ୍ଟାକ୍ଷର ଗୋପାଳ ମନ୍ତ୍ର ଗ୍ରହଣ କଲେ ରାଧାଗୋବିନ୍ଦଙ୍କର ମାର୍ଜନାଦ ସେବା କରିବାକୁ ଯୋଗ୍ୟ ହେବେ ।

କଳା–ତାହାହେଲେ ଅବଶ୍ୟ ଗ୍ରହଣ କରିବି । ହେଲେ, କିଏ ମନ୍ତ୍ରୋପଦେଶ କରିବେ ?

ମଣ୍ଟୁ–ଅଧିକାରୀ କରିବେ ।

କଳାବତୀ–ହେଉ ସେପରି ବନ୍ଦୋବସ୍ତ କର ।

ମଣ୍ଟୁବାଣୀ ଧୀରେ ଧୀରେ ଅଧିକାରୀଙ୍କ ନିକଟକୁ ଗଲେ । ଅଧିକାରୀ ମଣ୍ଟୁବାଣୀଙ୍କୁ ଦେଖି ପଚାରିଲେ ! ପ୍ରିୟତମେ କଣ କଲ ?

ମଣ୍ଟୁ–ଆଜ୍ଞା, ସବୁ ଠିକ୍ କଲି । ସେ ତୁମ୍ଭଠାରୁ ମନ୍ତ୍ରଗ୍ରହଣ କରିବାକୁ ଇଚ୍ଛୁକ ହୋଇଅଛନ୍ତି । ତୁମ୍ଭ ମନ୍ତ୍ର ପ୍ରଭାବରେ ଅବଶ୍ୟ ସେ ତୁମ୍ଭ ବଶ ହେବେ । ଆମ୍ଭମାନଙ୍କୁ ଆଉ ତୁମ୍ଭେ କାହିଁକି ପଚାରିବ ?

ଅଧି–କାହିଁକି ସେପରି କହୁଅଛ ? ରସବତୀ !

ତୁ ମୋ ଗଳାମାଳା

ତୋତେ ଛାଡ଼ିଲେ ବୁଡ଼ିବ ମୋ ଭେଲା !

ଆଉ ଏପରି କହନା ।

ମଣ୍ଟୁ–ନା, ନା, କଥାଟି ଅଛି ଶୁଣ ।

ନୂଆଁ ନୂଆଁ ଆଦର ।

ନୂଆଁ ମିଳିଲେ ପୁରୁଣା ଦୂର ।

ଅଧି–କେତେ ଅକଲ ଜାଣୁ ତୁନିହୁଅ । ଏବେ ଥିବା ଚାରିଜଣ ଭିତରେ କିଏ ଆଗ ଆସିଥିଲା ? କଥାଟା କିପରି ଘଟିଲା ? ସବୁ ଜାଣି ଜାଣି ଏପରି କହୁଛ ।

ମଣ୍ଟୁ–ନାହିଁ ଆଜ୍ଞା, ସବୁବେଳେ ଏକାପରି ହେବକି ?

ମନ ତ ଚଞ୍ଚଳ ।

ଯା ରସ ଅଧିକ ତା ଠାରେ ଭୋଳ ।

ଏ ହେତୁରୁ ସିନା ଛାମୁରେ ଜଣା କରୁଛି ।

ଅଧି–ହେଉ ମଣ୍ଟୁ, ପଛେ ଦେଖିବୁ ନାହିଁ ?

ବ୍ୟଞ୍ଜନ ଦ୍ୱାଦଶୀ ଦିନ ଉଷାକାଳରେ ସଖିମାନଙ୍କ ସହ କଳାବତୀ ହରିନାମ ଉଚ୍ଚାରଣ ପୂର୍ବକ ଯମୁନାରେ ସ୍ନାନକରି ପରିଶୁଭ୍ର ପଟବସ୍ତ୍ର ପରିଧାନପୂର୍ବକ ମନ୍ତ୍ରଗ୍ରହଣ କରିବାଲାଗି ଅଧିକାରୀଙ୍କ ଛାମୁରେ ପ୍ରବେଶ ହେବା ସମୟରେ ଅଧିକାରୀ ରାତ୍ର

ଦୁଇଦଣ୍ଡଠାରୁ ଉଠି ସ୍ନାନ ପୂଜାଦି ସମାପନ କରି, ସୁବାସିତ ବସ୍ତ୍ର ପରିଧାନପୂର୍ବକ ମନ୍ତ୍ରଦେବାକୁ ପ୍ରସ୍ତୁତ ଥିଲେ ।

ଇନ୍ଦୁମତୀ ସହଚରୀକୁ ନ ଦେଖି ଅତି ଦୁଃଖରେ ମଠ ମଠ ଭ୍ରମଣ କରୁଥିଲେ । ଦିନେ ହଠାତ୍ ମାଧବଜୀଉଙ୍କ କୁଞ୍ଜକୁ ଯାଇ ଦେଖିଲେ ଯେ ରୋଟାମୋଟା ଜଣେ ବାବାଜୀ ସେଠାରେ ଠିଆ ହୋଇଥିଲେ । ତାହାଙ୍କୁ ଦେଖି ଇନ୍ଦୁମତୀ ପଚାରିଲେ ।

ଇନ୍ଦୁ–ବାବା, ଆମ୍ଭ ସହଚରୀକି ଦେଖିଅଛ ?

ବାବାଜୀ–ମାତା, ଏଠାକୁ କିଏ ଆସିନାହାନ୍ତି । ଆମ୍ଭ ମଠରେ ଦୁଇଜଣ ମାତାଜୀ ଅଛନ୍ତି, ସେମାନଙ୍କ ମଧ୍ୟରୁ କିଏ ତୁମ୍ଭ ସହଚରୀ ?

ଇନ୍ଦୁ–ବାବା, ସେମାନଙ୍କର ନାମ କହିଲେ ଜାଣିବି ।

ବାବାଜୀ–ଜଣକର ନାମ ଚମ୍ପକଲତା ଆଉ ଜଣକର ନାମ ରାଧାମଣି ।

ଇନ୍ଦୁ–ସେମାନେ କେଉଁଠାରେ ଅଛନ୍ତି ? ଭଲା ଦେଖାଇ ଦିଅ ।

ବାବାଜୀ–(ଅଙ୍ଗୁଲି ଦେଖାଇ) ଏହି ପୁଷ୍ପ ବଗିଚାରେ ପୁଷ୍ପଚୟନ କରୁଅଛନ୍ତି ।

ଇନ୍ଦୁମତୀ ଧୀରେ ଧୀରେ ବଗିଚାକୁ ଗଲେ । ରାଧାମଣି ଏହି ନୂତନ ସୁନ୍ଦରୀକୁ ଦେଖି ଚମ୍ପକଲତାକୁ କହୁଅଛି ।

ରାଧା–ସଖି ! ଏଣିକି ଆମ୍ଭ ଦୁଇଜଣର ଦୁଃଖ ଭୁଲା କୁଣ୍ଠିରେ ସରିବ ନାହିଁ ।

ଚମ୍ପକ–କାହିଁକି ସେପରି କହୁଅଛୁ ?

ରାଧା–ଆହା ! ଆହୁରି ଜାଣିନାହୁଁ ? ଅଧିକାରୀ ଆଉ ଗୋଟିଏ ନୂତନ ମାତା ଆଣିଅଛନ୍ତି ।

ଚମ୍ପକ–କାହିଁ ସେ ?

ରାଧା–ହେଇ ଦେଖ, ବଗିଚା ଆଡ଼େ ଆସୁଅଛନ୍ତି ।

ଚମ୍ପକ–ହଁ, ଏଠାକୁ ଆସୁ ବୁଝିବା ।

ଇନ୍ଦୁମତୀ ସେମାନଙ୍କଠାରେ ପ୍ରବିଷ୍ଟ ହେଲେ ତାହାଙ୍କୁ ଦେଖି ଚମ୍ପକଲତା ପଚାରିଲେ ।

ଚମ୍ପକ–ସଖି ! କେଉଁଠାରୁ ଆସୁଅଛ ?

ଇନ୍ଦୁ–ନା ସଖି ! ଆମ୍ଭ ସହଚରୀ ଆଜକୁ ପାଞ୍ଚଦିନ ହେଲା ଦିଶୁନାହାନ୍ତି; କେଉଁଠାରେ ରହିଲେଟି ଜଣାଗଲା ନାହିଁ । ଏଣୁ ମଠ ମଠ ବୁଲୁଅଛି ।

ଚମ୍ପକ–ସଖି ! ଦୁଃଖ କରନା । ଏଠାରେ କେତେ ଦିନ ରହ, ସେ ନିଶ୍ଚୟରେ ବୁଲି ବୁଲି ଏଠାକୁ ଆସିବେ । କିଏ କେଉଁଠାରୁ ବା ଆସନ୍ତୁ ମାଧବଜୀଉଙ୍କ କୁଞ୍ଜକୁ ନ ଆସି ରହିବେ ନାହିଁ । ସଖି ! ତୁମ୍ଭ ନାମ ଧାମ କୁହନ୍ତୁ ।

ଇନ୍ଦୁ—ଆମ୍ଭର ନାମ ଇନ୍ଦୁମତୀ, ଜନସ୍ଥାନ ସମ୍ବଲପୁର। ପ୍ରିୟୟଦେ! ତୁମ୍ଭ ଦୁଇସଖୀଙ୍କ ନାମ କହିବାହେନ୍ତୁ।

ଚମ୍ପକ—ମୋ ନାମ ଚମ୍ପକଲତା, ତାହାଙ୍କ ନାମ ରାଧାମଣି।

ଇନ୍ଦୁ—ସଖି! ମଠରେ ଜଣେ ବାବୁ ଅଛନ୍ତି, ସେ କିଏ ?

ଚମ୍ପକ—ସେ ଏ କୁଞ୍ଜର ଅଧିକାରୀ। ତୁମ୍ଭେ ତାହାଙ୍କ ସହିତ କଥାବାର୍ତ୍ତା କରିନାହଁ ?

ଇନ୍ଦୁ—ଆମ୍ଭ ସହଚରୀ ବିଷୟରେ ପଚାରିବାରୁ ସେ ତୁମ୍ଭମାନଙ୍କ ଆଡ଼େ ମୋତେ ଦେଖାଇଦେଲେ।

ଚମ୍ପକ—ହେଲେ କି ହେଲା। ଆମ୍ଭେ ଦୁହେଁ ତୁମ୍ଭ ସହଚରୀ ନୋହୁଁ କି ?

ଇନ୍ଦୁ—ପ୍ରିୟ ସଖି! ଏଠାରେ ମୁଁ କିପରି ରହିବି ?

ଚମ୍ପକ—ଆମ୍ଭମାନଙ୍କ ସଙ୍ଗେ ଥିବ। ଆମ୍ଭେମାନେ ଯାହା କରୁଅଛୁ ତୁମ୍ଭେ ତାହା କରିବ।

ଇନ୍ଦୁ—ତାହା କରିବାରେ କଣ ଅଛି ? ମୁଁ ଏଠାରେ କିପରି ରହିବି ?

ଚମ୍ପକ—କଅଣ ପ୍ରସାଦ ବିଷୟ ପଚାରୁଅଛ ?

ଇନ୍ଦୁ—ହଇ ତ ସେ କଥାଟି।

ଚମ୍ପକ—ତୁମ୍ଭେ ବି ବାୟାଣୀ ହେଲ ସଖି! ଆମ୍ଭେମାନେ ଥାଇ ତୁମ୍ଭକୁ ପ୍ରସାଦ ମୁଠାଏ ମିଳିବ ନାହଁ ? ତୁମ୍ଭେ ଯେତେ ଦିନ ଏଠାରେ ଥିବ ତେତେଦିନ ପର୍ଯ୍ୟନ୍ତ ଅଧିକାରୀଙ୍କୁ କହି ପ୍ରସାଦ ଦିଆଇଦେବୁଁ। ଅଧିକାରୀ ତୁମ୍ଭ ସହିତ ଭଲରୂପେ କଥାବାର୍ତ୍ତା କରିନାହାନ୍ତି। କଲେ, ଛାଡ଼ିବେ କି ? ଆହୁରି ତୁମ୍ଭ ସଖୀ ଯେଉଁଠାରେ ଥିବେ ତଲାସି ତାହାଙ୍କୁ ଅଣାଇ ଦେବେ। ତୁମ୍ଭେ ତ ନୂଆଁ ତାହାଙ୍କ କଥା ତୁମ୍ଭକୁ କି ଜଣା ?

ଚମ୍ପକ—ରାଧାମଣି! ତୁମ୍ଭେ ଇନ୍ଦୁମତୀଙ୍କଠାରେ ଥାଅ। ମୁଁ ଅଧିକାରୀଙ୍କଠାକୁ ଯାଉଛି।

ଚମ୍ପକଲତା ତରତର ହୋଇ ଅଧିକାରୀଠାରେ ପ୍ରବେଶ ହେଲେ। ଅଧିକାରୀ ଚମ୍ପକଲତାର ଆଙ୍ଗଭଙ୍ଗି ଦେଖି ପଚାରିଲେ।

ଅଧି—ଚମ୍ପକ! କାହିଁକି ଏଡ଼େ ତରତର ?

ଚମ୍ପକ—ତୁମ୍ଭଲାଗି।

ଅଧି—ମୋ ଲାଗି! କିସ କହିଲୁ ମ ?

ଚମ୍ପକ—ରାଣ୍ଡର ସରାଗ ପୋଡ଼ିଯାଉଛି।

ଅଧି—କାହିଁକି ଚମ୍ପକ ଏତେ ନିଷ୍ଠୁର ?

ଚମ୍ପକ– ନିଷ୍ଠୁର ବୋଲୁଛ ।

ଅଧି–କିସ କହ ମ ?

ଚମ୍ପକ–କିସ କହିବି । ନୂଆଟି ଆସି ଆମ୍ଭଙ୍କୁ ହଟହଟା କରିବାକୁ ବସିଅଛ ।

ଅଧି–ମୁଁ ତାହାତୁଲେ କିଛି କଥା ଏକା ହୋଇନାହିଁ । ସେ ମୋତେ ପଚାରିଲା, 'ଆମ୍ଭ ସହଚରୀ ଏ ମଠରୁ ଆସିଅଛନ୍ତି ?" ମୁଁ କହିଲି–ସେ ଏଠାକୁ ଆସିବାର ମୋତେ ଜଣାନାହିଁ । ଏ ବଗିଚାରେ ଦୁଇଜଣ ପୁଷ୍ପଚୟନ କରୁଅଛନ୍ତି । ଏମାନଙ୍କ ମଧ୍ୟରୁ ତୁମ୍ଭ ସହଚରୀ କିଏ ହୋଇଥିବେ ପରା ! ଯାଇ ଦେଖ । ଏହା ଶୁଣି ସେ ତୁମ୍ଭମାନଙ୍କଠାରୁ ଗଲେ । ଏହାଛଡ଼ା ଆଉ କିଛି ତାହା ସହିତ କଥାବାର୍ତ୍ତା କରିନାହିଁ । ଆଉ କିସ ସେ କହିଲା କି ?

ଚମ୍ପକ–ଆଉ କିଛି ସେ କହିନାହାନ୍ତି ।

ଅଧି–କାହିଁକି ଆଉ ଏପରି ମୋତେ ବୋଇଲୁ ?

ଚମ୍ପକ–ନାହିଁ ଆଜ୍ଞା, ତୁମ୍ଭ ମନ ବିଡ଼ିବା ନିମନ୍ତେ ପଚାରିଲି । ଏଥିରେ କିଛି ଦୋଷ ଥିଲେ କ୍ଷମା କରିବା ହେଉନ୍ତୁ ।

ଅଧି–ଏଡ଼େ କଥା କାହିଁକି ମ ? ଆଉ କିଛି କହିବାକୁ ଥିଲେ କହ ।

ଚମ୍ପକ–କହିବି ବୋଲୁଛି ଯେ ଭୟ ଲାଗୁଛି ।

ଅଧି–କହ ମ ତୋତେ କି ଭୟ ?

ତୁ ମୋର ସର୍ବ ସଂପଦ ।

ତୋତେ ଛାଡ଼ିଲେ ନାହିଁ ମୋଦ । ।

ଏହି କଥାରେ ଚମ୍ପକଲତା ସାତିଶୟ ସନ୍ତୁଷ୍ଟ ହୋଇ ବିନା ସଂଶୟରେ କହିବାକୁ ଲାଗିଲା ।

ଚମ୍ପକ–ଆଜ୍ଞା, ସେ ତରୁଣୀ ଏଠାରେ କେତେ ଦିନ ରହିବାକୁ ମନ ବଳାଇ ଅଛନ୍ତି । ଆପଣଙ୍କ ଆଜ୍ଞା ହେଲେ ଏଠାରେ ସେ ରହିବେ ।

ଅଧି–ପ୍ରସାଦ ପାଇ ରହିବା କଥାସିନା, ରହନ୍ତୁ ।

ଚମ୍ପକ–ଆଜ୍ଞା, ମୋ ସଙ୍ଗେ ଆସି ଏପଦଟି ତୁମ୍ଭେ କହିଲେ ସେ ଅତି ଆନନ୍ଦରେ ଏଠାରେ ରହିବେ । ରହିଲେ ଆମ୍ଭର ସବୁ କାର୍ଯ୍ୟ ଚଳିବ ।

ଅଧି–କି କାର୍ଯ୍ୟ ଚଳିବ ? କହ ତ ଚମ୍ପକ !

ଚମ୍ପକ–ପଛେ ଜାଣିବ ଯେ ଏବେ ଆସିଲ ।

ଅଧିକାରୀ ଏହି ସମୟରେ ତିଲକ ଛାପରେ ମଣ୍ଡିତ ହୋଇ ହାତରେ ଝୁଲିଧରି ହରିନାମ ଗୁଣି ଗୁଣି ଚମ୍ପକ ସହିତ ଧୀରେ ଧୀରେ ଚାଲି ଇନ୍ଦୁମତୀଠାକୁ ଯାଉଥିଲେ ।

ଇନ୍ଦୁମତୀ ଚମ୍ପକଲତା ସହିତରେ ଜଣେ ବାବାଜୀ ଆସିବାର ଦେଖି ରାଧାମଣିକୁ ପଚାରିଲେ ।

ଇନ୍ଦୁ–ସଖି ରାଧାମଣି ! ଏ ବାବାଜୀ କିଏ ?

ରାଧା–ଏ ବାବାଜୀ ଏ କୁଞ୍ଜର ଅଧିକାରର ।

ଇନ୍ଦୁ–ହା ! କି ସାଧୁ ! ସାଧୁମାନଙ୍କଠାରେ ଯେତେ ଲକ୍ଷଣ ଆବଶ୍ୟକ ତେତେ ଲକ୍ଷଣରେ ପୂର୍ଣ୍ଣ । ଏହାଙ୍କ ରହି ଯେ କାଳ କାଟିବ ତାହାର ଜନ୍ମ ମଧ୍ୟ ଧନ୍ୟ ଏବଂ ତାହାକୁ ଏକା ଲୋକେ ସୁଖୀ କହନ୍ତି ।

ରାଧାମଣି ବିଚାର କଲା, ବାବାଜୀଙ୍କଠାରେ ଏହାର ମନ ଲାଖି ରହିଲା । ତାହାଙ୍କଠାରୁ ଯେତେବେଳେ କଥା ଶୁଣିବ ଅବଶ୍ୟ ରସରେ ବୁଡ଼ି ରହିବ । ଏହାତୁଲେ ଅଧିକାରୀ ମାତିଲେ ଆଉ ଆମ୍ଭକୁ ପଚାରିବେ ନାହିଁ ।

ଇତୀମଧ୍ୟରେ ଅଧିକାରୀ ଇନ୍ଦୁମତୀଙ୍କଠାରେ ପ୍ରବିଷ୍ଟ ହେଲେ । ଇନ୍ଦୁମତୀ ବାବାଜୀଙ୍କୁ ଦେଖିବା ମାତ୍ରକେ ଦଣ୍ଡପ୍ରଣାମ କଲେ । ତେତେବେଳେ ଅଧିକାରୀ ଅଶିଷ ପ୍ରଦାନପୂର୍ବକ ଇନ୍ଦୁମତୀଙ୍କୁ ଉଠିବାକୁ ଆଜ୍ଞାଦେଲେ । ଇନ୍ଦୁମତୀ ଉଠିଲା ବାଦ ବାବାଜୀ ଚମ୍ପକଲତାକୁ ପଚାରିଲେ ।

ବାବାଜୀ–ଏହି ମାତାଙ୍କର ନାମ ଓ ଜନ୍ମସ୍ଥାନ ପଚାରିବା ହେଉ !

ଚମ୍ପକ–ସଖି ! ତୁମ୍ଭର ନାମ ଓ ଜନ୍ମସ୍ଥାନ ବାବାଜୀ ପଚାରୁ ଅଛନ୍ତି ।

ଇନ୍ଦୁ–ମୋହର ନାମ ଇନ୍ଦୁମତୀ । ମୁଁ ସମ୍ବଲପୁର ପାଟଣାରେ ଜନ୍ମହେଲି । ମୋ ମା ବାପା ମୋତେ ବାଲ୍ୟ ସମୟରେ ବିବାହ କରିଦେଲେ । ମୋ ଦୁରଦୃଷ୍ଟିରୁ ମୋ ଗୃହସ୍ଥ ମରିଗଲେ । ମୁଁ ନଅ ବର୍ଷରେ ବିଧବା ହୋଇଗଲି । ମୁଁ ବିଧବା ହେବାର ଦେଖି ମୋ ମା ବାପା ଦୁଃଖରେ ସଢ଼ିଯାଇ ମରିଗଲେ । ତେତେବେଳେ ମୁଁ ଅନାଥ ହେଲି । ଜଣେ ବାବୁ ମୋ ପରେ ଦୟା ବହି ମୋର ରାୟପୁର ନେଇ ସେଠାରେ ପାଠ ପଢ଼ାଇଲେ । ମୁଁ ସେଠାରେ ଛଅ ବର୍ଷ ଯାଏ ପାଠ ପଢ଼ିଲି । ତଦ୍‌ବାଦ ବାବୁଙ୍କ ଘରେ ଥାଇ ଖବରକାଗଜ ଓ ମତଗ୍ରନ୍ଥମାନ ପଢ଼ୁଥାଏ । ଆମ୍ଭ ସହଚରୀ ଯେତେବେଳେ ଦେଶାଟନ କରିବାକୁ ବାହାରିଲେ ମୁଁ ତେତେବେଳେ ତାହାଙ୍କ ସଙ୍ଗେ ଆସିବାକୁ ପଡ଼ିଲା । ମୋ ଅଦୃଷ୍ଟ ଏଡ଼େ ହୀନ ଯେ, ଏବେ ସେ ମଧ୍ୟ ମୋ ନୟନରୁ ଅନ୍ତର ହୋଇଅଛନ୍ତି । ସେ ଯଦି ଏଠାରେ ଥାଆନ୍ତେ ଦୁହେଁ ମିଶି ବାବାଜୀଙ୍କ ସେବାରେ ସନ୍ତତ ଲାଗିଥାଆନ୍ତୁ ।

ଚତୁର୍ଥ ପରିଚ୍ଛେଦ

ଅଧିକାରୀଙ୍କ ମନସ୍ତାପ

ଅଧିକାରୀ ଇନ୍ଦୁମତୀର ଏହି ସରସ ବଚନମାନ ଶ୍ରବଣ କରି ତାହାଙ୍କ ସହଚରୀଙ୍କ ବିଷୟରେ କିଛି ପ୍ରଶ୍ନ କରିବାକୁ ଲାଗିଲେ ।

ଅଧି-ଇନ୍ଦୁମତୀ ! ତୁମ୍ଭ ସହଚରୀ ମଧ୍ୟ ବିଧବା ନା ?

ଇନ୍ଦୁ-ନାହିଁ ବାବାଜି ! ସେ ବିଧବା ନୁହନ୍ତି । ସେ ବିବାହ ମଧ୍ୟ ହୋଇ ନାହାନ୍ତି । ସେ ପଣ୍ଡିତା ଅଟନ୍ତି । ଉପଯୁକ୍ତ ପାତ୍ରରେ ବିବାହ ହେବାକୁ ଦେଶ ଦେଶ ଭ୍ରମଣ କରୁଅଛନ୍ତି । ଆଜିଯାଏ ଉପଯୁକ୍ତ ପାତ୍ର ପାଇ ନାହାନ୍ତି । ବିଚାର କରେ ଆପଣଙ୍କ ପରି ସାଧୁଙ୍କ ସେବା ପ୍ରାପ୍ତ ହେଲେ ସେ ରହିଯିବେ । ଆଉ ଗୃହସ୍ଥାଶ୍ରମରେ ମନ ବଳାଇବେ ନାହିଁ ।

ଅଧି-ଇନ୍ଦୁମତୀ ! ବିଚାର କରନାହିଁ । ଯଦି ତୁମ୍ଭ ସହଚରୀ ଏହି ବ୍ରଜରେ ଅଛନ୍ତି, ଏଠାକୁ ନ ଆସି କେଣେ ଯିବେ ? ଏଠାକୁ ମୋ ଆସିବାଯାଏ ତୁମ୍ଭେ ଅପେକ୍ଷା କର ।

ଏହିପରି କହି ଅଧିକାରୀ ଚମ୍ପକଲତା ସହିତ ଫେରି କୁଟୀରକୁ ଗଲା ବାଦ୍ ଚମ୍ପକଲତାକୁ କହିଲେ ।

ଅଧି-ଚମ୍ପକ ! ଗୁଣମଣିଟି ମିଳିଅଛି ବିଧବା ହୋଇଅଛି । ଏ ଆଉ କେଣେ ଯିବନାହିଁ । ତୁମ୍ଭମାନଙ୍କ ସଙ୍ଗେ ରହି ସୁଖରେ କାଳ କାଟିବ ।

ଚମ୍ପକ-ଆମ୍ଭ ସଙ୍ଗ ନୁହେଁ, ତୁମ୍ଭ ସଙ୍ଗେ ।

ଅଧି-ଛଇଲା, କେତେ ଛାଉଳି ଜାଣୁ ।

ଚମ୍ପକ-ହେଉ, ସବୁ ଜଣାପଡ଼ିବ ଯେ ।

ଅଧି-କିସ ମ ମାଡ଼ଗୋଲ ଲାଗିଲାପରି, କଥା କହୁଛୁ । ତୋତେ ମୁଁ ଭରସା କରିଛି ତୁ ମୋତେ ନୀରସ କଥା କହୁଛୁ ।

ଚମ୍ପକ-ମୁଁ କିଛି ନୀରସ କଥା କହନାହିଁ । ତୁମ୍ଭେ ଯେପରି ପଚାରୁଛ ମୁଁ ସେପରି କହୁଛି ।

ଅଧି-ଚମ୍ପକ । ଏବେ କିସ କରିବା ?

ଚମ୍ପକ-କେଉଁ ବିଷୟରେ ପଚାରୁଛ ?

ଅଧି-ତୋତେ ଜଣାନାହିଁ କି ?

ଚମ୍ପକ-ମୋତେ କିଛି ଜଣାନାହିଁ ।

ଅଧି-ମୋ ବାଧା ତୋତେ ଲାଗଇ ନାହିଁ ।

ଚମ୍ପକ-କି ବାଧା ଯେ ?

ଅଧି-ସେ ନୂତନ କୋମଳାଙ୍ଗୀକୁ ଦେଖିବା ଦିନଠାରୁ ମୋ ମନ ଘାଣ୍ଟିଚକଟି ହେଉଅଛି । ମନର କିଛି ଥୟ ରହୁନାହିଁ । ତୁ ରକ୍ଷାକଲେ ପ୍ରାଣ ରହିବ ନୋହିଲେ ଅବଶ୍ୟ ମରିଯିବ ।

ଚମ୍ପକ-ମରିବା ଏଡ଼େ କଥା କାହିଁକି ? କିସ କରିବି କହିଲ ।

ଅଧି-ଆଜିରାତି କିପରି ହେଲେ ସେ ମୋ ସଙ୍ଗେ ଏକାନ୍ତ ହେଲାପରି କରିବ !

ଚମ୍ପକ-ନୂଆ ଦେଖି ବାଇ ହୋଇଗଲ ? ତୁ ଏବେ ଯାଇ ତାହା ବନ୍ଦୋବସ୍ତ କର । ତୁ ସବୁ ଠିକ୍‌କରି ଆସିଲେ ଏକା ମୁଁ ପଞ୍ଚତକୁ ଯିବି ।

ଚମ୍ପକ-ଯାଉଛି, କାହିଁକ ଏଡ଼େ ନିଷ୍ଠୁର ?

ଚମ୍ପକଲତା ଅତି ତରତର ହୋଇଯାଇ ଦେଖିଲେ ଯେ ରାଧାମଣି ମାତ୍ର ବସିଥିଲେ । ଇନ୍ଦୁମତୀଙ୍କୁ ସେ ନ ଦେଖି ଅତି କାତରଭାବରେ ରାଧାମଣିକୁ ପଚାରିଲେ ।

ଚମ୍ପକ-ସଖି ସାଧାମଣି ! ଇନ୍ଦୁମତୀ କେଣେ ଯାଇଅଛନ୍ତି ?

ରାଧା-ଚମ୍ପକ ! ଏଡ଼େ ଆତୁର ହୋଇ କାହିଁକି ପଚାରୁଅଛ ?

ଚମ୍ପକ-କିଛି ଆତୁର ନାହିଁ, ତୁମ୍ଭ ପାଖରେ ନ ଥିବାରୁ ପଚାରୁ ଅଛି ।

ରାଧା-ସେ ଛୁଇଁବାକୁ ହେବନାହିଁ । ଏଣ୍ଡୁ ଅନ୍ତରରେ ବସି ଅଛନ୍ତି ।

ଏହି କଥା ଶୁଣିବା ମାତ୍ରକେ ଦୀର୍ଘ ନିଶ୍ୱାସ ପରିତ୍ୟାଗପୂର୍ବକ ଫେରି ଅଧିକାରୀଙ୍କ ନିକଟକୁ ଯାଇ ମୁଖ ଶୁଖାଇ ବସିଲେ । ଅଧିକାରୀ ଚମ୍ପକର ମୁଖଭଙ୍ଗୀ ଦେଖି ପଚାରିଲେ ।

ଅଧି-ଚମ୍ପକ ! କାହିଁକି ତୋ ମୁଖ ଶୁଖାଇ ରଖିଅଛୁ ? ସେ ଅଙ୍ଗୀକାର କଲାନାହିଁ ?

ଚମ୍ପକ-ଏପରି କିଛି ନାହିଁ ଆଜ୍ଞା, ସେ ଏବେ ଆସିବାକୁ ହେବନାହିଁ । ଓହୋ ବୋଲି ! ଅଧିକାରୀ ଦୁଃଖରେ ମୁହଁ ମାଡ଼ି ଶଯ୍ୟାରେ ଶୋଇଲେ । ଚମ୍ପକ ଅନେକ ଆନ ଶପଥ ପକାଇ ଅଧିକାରକୁ ଉଠାଇ ପ୍ରସାଦ ଖୁଆଇଲେ ଏବଂ ପରେ କହିଲେ-

"ଏତେ ଦୁଃଖିତ କାହିଁକି ? ଆଉ ମଝିରେ ଦୁଇଦିନ ସିନା; ଅବଶ୍ୟ ତୁମ୍ଭ ଦର୍ଶନ କରିବ।"

ଅଧି–ଆଣିବୁ ସିନା। ଏ ଦୁଇଦିନ ବଞ୍ଚିବି କିପରି ?

ଚମ୍ପକ–ଆଜିଯାଏ ଯେପରି ବଞ୍ଚୁଥିଲ ସେପରି ଏକା ବଞ୍ଚିବ।

ଅଧି–ତୋ ମନ ଚମ୍ପକ ! ତୋଠାରେ ଏକା ଆଶା ଭରସା ! ତୁ ଏପରି କହିଲେ ମୁଁ କାହାର ହେବି ?

ପଞ୍ଚମ ପରିଚ୍ଛେଦ

ତୁଳସୀ ବଣିଆ ବାଘ

ଏଣେ କଳାବତୀ, ଅଧିକାରୀ ଗୋବିନ୍ଦ ଦାସ ଦୁହେଁ ଗୋଟିଏ କୁଟୀରରେ ପ୍ରବେଶ ହେଲେ। ଅଧିକାରୀ ମନ୍ତ୍ରୋପଦେଶ ପ୍ରଦାନ କରିବା ପୂର୍ବେ କଳାବତୀ ସହିତ କଥୋପକଥନ କରିବାକୁ ଲାଗିଲେ।

ଅଧି–କଳାବତୀ! ପରକୀୟା ଭାବ ତୁମ୍ଭକୁ ଜଣାଅଛି ?

କଳା–ନାହିଁ ବାବାଜି! ପରକୀୟା ଭାବ ମୁଁ ଜାଣେ ନାହିଁ।

ଅଧି–ଶୁଣ, କଳାବତୀ! ସେ ଭାବରେ ସବୁ ରସ ଅଛି। ତାହା ନ ଜାଣିଲେ ବ୍ରଜ ଭାବ କିଛି ଜାଣିପାରିବ ନାହିଁ। ଗଭୀର ବନରେ ଯେଉଁ ବୈଷ୍ଣବମାନେ ଅଛନ୍ତି ସେମାନଙ୍କୁ ମଧ୍ୟ ଏ ରସ ଜଣା ନାହିଁ। ଏ ରସ ଜାଣିବାପାଇଁ ବିଶେଷ ଯତ୍ନ କରୁଅଛନ୍ତି ମାତ୍ର ସେମାନଙ୍କୁ ସେ ରସ ପ୍ରାପ୍ତ ହୋଇପାରୁ ନାହିଁ। ଅନେକ ଶାସ୍ତ୍ର ପଢ଼ିଲେ କଅଣ ହେବ ? ମୁଁ କହିବା ଭାବ ନ ଜାଣିଲେ କେବେ ବ୍ରଜଭାବ ଉଦୟ ହେବନାହିଁ। ବ୍ରଜଭାବ ଉଦୟ ନହେଲେ ଏ ସଂସାରରେ କି ଲାଭ ଅଛି ? ଆଉ ଗୋଟିଏ କଥା କହୁଅଛି ଶୁଣିବା ହେଉ। ସନ୍ନ୍ୟାସୀମାନେ ସମସ୍ତ ସାଂସାରିକ ଧର୍ମ ତ୍ୟାଗକରି ଯେଉଁ ଭଗବାନଙ୍କୁ ପାଇବାଲାଗି ଅସହ୍ୟ କଷ୍ଟ ସହ୍ୟ କରୁଅଛନ୍ତି, ମୁନିମାନେ ମୌନବ୍ରତ ଅବଲମ୍ବନ କରି ଯେଉଁ ପରମ–ପୁରୁଷଙ୍କୁ ଆଜିଯାଏ, ଲଭିନାହାନ୍ତି ଏବଂ ଯେଉଁ ପରମପୁରୁଷଙ୍କୁ ଲଭିବା ନିମନ୍ତେ ତପିମାନେ ତପରେ ନିମଗ୍ନ ରହିଅଛନ୍ତି, ସେ ପରମାତ୍ମାଙ୍କୁ ଅବଲୀଳାରେ ଗୋପାଙ୍ଗନାମାନେ ଲାଟ ବସନ ଧରାଇ କରକ୍ରୋଡ଼ରେ ନଚାଇଲେ। ଏ ରସରେ ଯେଉଁମାନେ ମଜନ୍ତି ସେମାନେ ଅବଶ୍ୟ ପରମ–ପୁରୁଷଙ୍କୁ ଲଭନ୍ତି। ହେଲେ ଆପଣଙ୍କ ମନୋଗତ ଭାବ ସ୍ୱସ୍ୱରୂପେ କହିବା ହେଉନ୍ତୁ।

ଏହି ସମୟରେ କଳାବତୀଙ୍କ ଦକ୍ଷିଣ ବାହୁ ସ୍ପନ୍ଦନ ହେଲା। କଳାବତୀ ନିଜ

ବାହୁ ସ୍ପନ୍ଦନ ହେବାର ବୁଝି ଦୁଃଖରେ ଅଭିଭୂତା ହେବାକୁ ଲାଗିଲେ। ଏହି ସମୟରେ ବାବାଜୀ କହିଲେ।

ବାବାଜୀ-କଳାବତୀ! ରସରେ ମଜ୍ଜିଲେ ଆପଣ ସବୁ ଜାଣିବାକୁ ହେବ। କାହିଁକି ବିଲମ୍ବ କରୁଅଛ? ଆଉ ବୃଥା ବ୍ୟଥା ମୋତେ ଦିଅନା।

ଇତ୍ୟବସରରେ କଳାବତୀଙ୍କ ଦକ୍ଷିଣାଙ୍ଗରେ ପଲ୍ଲିପତନ ହେବାରୁ ଫେରି ସ୍ନାନ କରିବାକୁ ଉଠିଲେ।

ବାବାଜୀ-କାହିଁକି ଉଠିଲ ସୁନ୍ଦରୀ! ଏଠାରେ ସକଳ ତୀର୍ଥ ଅଛି। ରାଧାଗୋବିନ୍ଦଙ୍କ ନାମ ସ୍ମରଣ କର।

ଏହିପରି କହି କଳାବତୀଙ୍କ ହସ୍ତ ଧରିବାକୁ ଲାଗିଲେ।

କଳା-ଅଧିକାରୀ! କାହିଁକି ସେପରି ହେଉଅଛ? ଏକ୍ଷଣି ସ୍ନାନ କରି ଆସୁଅଛି।

ଅଧି-ରସ ସାଗରରେ ଶୀଘ୍ର ଅବଗାହ, ପବିତ୍ର ହେବ!

ଅଧିକାରୀଙ୍କ ମନୋବିକାର ହେବାର ଦେଖି କବାଟ ଫିଟାଇ କଳାବତୀ ବାହାରକୁ ଆସିଲେ। ମଞ୍ଜୁବାଣୀ କଳାବତୀଙ୍କୁ ଦେଖି ପଚାରିଲେ।

ମଞ୍ଜୁ-କଳାବତୀ! ମନ୍ତ୍ରୋପଦେଶ ହେଲା କି?

କଳା-କି ନିଆଁ ମନ୍ତ୍ରୋପଦେଶ। ଏହିପରି ଜାଣିଥିଲେ ମୁଁ କଦାପି ମନ୍ତ୍ର ଗ୍ରହଣ କରିବାକୁ ଅସ୍ୱୀକାର କରିନଥାନ୍ତି।

ମଞ୍ଜୁ-ସଖୀ! କାହିଁକି ଏଡ଼େ ବିମୁଖ?

କଳା-କାହିଁକି ବୋଲି ପଚାରୁଅଛ? ଏ ଅଧିକାରୀଙ୍କଠାରେ ସାଧୁଲକ୍ଷଣ ନାହିଁ। ଏହାଙ୍କଠାରେ ତୁମ୍ଭେମାନେ ରହିବାକୁ ଏକା ଯୋଗ୍ୟ। ମୋପରି ଲୋକ ଏଠାରେ କଦାପି ରହିପାରିବ ନାହିଁ। ଏହି ସମୟରେ ଅଧିକାରୀ ପଚାରିଲେ।

ଅଧି-ସ୍ନାନ କରି ଆସୁଛ ପରା?

କଳା-ଛି, ଛି ତୋ ସାଧୁଲକ୍ଷଣ, ତୋତେ ଲାଜ ଲାଗୁନାହିଁ? ଏଟିକି ତୋ ମନ୍ତ୍ରୋପଦେଶ ସରି। ଏଠାରେ ଥିବା ମାତାଜୀମାନଙ୍କ ପରି ମୁଁ ନୁହେଁ। ସବୁ ଜାଣିଲି ଏହି କଥାମାନ ସମସ୍ତଙ୍କଠାରେ ଜଣାଇଦେବି।

ଏହି କଥା ଶୁଣି ଅଧିକାରୀ କଳାବତୀଙ୍କୁ ଆକ୍ରମଣ କରିବାକୁ ବସିଲେ। ଛି, ଛି ଅଧମ ଏପରି ତିରସ୍କାର ବଚନ କହି ମଠରୁ କଳାବତୀ ବାହାର ହେଲେ।

ଯେଉଁ ବ୍ରଜଭୂମି ହିନ୍ଦୁମାନଙ୍କର ପ୍ରଧାନ ପୁଣ୍ୟ କ୍ଷେତ୍ର ଅଟେ, ଯେଉଁ ବ୍ରଜଧୂଳି ଲୋକେ ସେବା କରି ସକଳ ପାପରୁ ମୁକ୍ତ ହୁଅନ୍ତି ବୋଲି ବିଶ୍ୱାସ କରନ୍ତି, ଯେଉଁ ରାଧାକୁଣ୍ଡ, ଶ୍ୟାମକୁଣ୍ଡରେ ସ୍ନାନ କଲା ମାତ୍ରେକ ପୁନର୍ଜନ୍ମ ନ ଲଭନ୍ତି ବୋଲି ଜନରବ

ଅଛି, ଯେଉଁ ଦ୍ୱାଦଶ ବନର ଶୋଭା, ସ୍ଥାନେ ସ୍ଥାନେ ଶ୍ରୀକୃଷ୍ଣଙ୍କର ସାଙ୍କେତିକ ଚିହ୍ନ, ଶ୍ରୀ ମହାପ୍ରଭୁଙ୍କର କ୍ରୀଡ଼ା ସ୍ଥାନମାନ, ସୂର୍ଯ୍ୟତନୟା ଯମୁନାର ଅନିର୍ବଚନୀୟ ଶୋଭା, ଗିରି ଗୋବର୍ଦ୍ଧନ ବଂଶୀ ବଟ ଓ କେଳିକଦମ୍ବ, ଏମାନଙ୍କର କାହାଣୀ ଶ୍ରବଣ କଲେ ମାତ୍ରକେ ଆମ୍ଭମାନଙ୍କର ମୁକ୍ତିଦାତା ପରମପୁରୁଷ ଶ୍ରୀକୃଷ୍ଣ ଏଠାରେ ଅବଶ୍ୟ ଅବତୀର୍ଣ୍ଣ ହୋଇଥିଲା ପରି ବିଶ୍ୱାସ କରିବାକୁ ହୁଏ, ଯେଉଁ ବ୍ରଜରେ ଶ୍ରୀକୃଷ୍ଣଙ୍କ ମହିମାରେ ପଶୁପତଙ୍ଗାଦିର ବୈରଭାବ ନାହିଁ, ଯେଉଁ ଗଭୀର ବନରେ ମୁନିମାନେ, ତପିମାନେ ଓ ବୈଷ୍ଣବମାନେ ଦୃଢ଼ାସନରେ ବସି ସର୍ବଦା ଈଶ୍ୱରଙ୍କର ଗୁଣାନୁବାଦ କରୁଅଛନ୍ତି, ଯେଉଁ ସ୍ଥାନରେ ରୂପ ସନାତନ ପ୍ରଭୃତି ଗୋସ୍ୱାମୀମାନେ ଶ୍ରୀମତୀଙ୍କ ସେବାରେ ଅନବରତ ରତ ଥା'ନ୍ତି, ବ୍ରଜବାସୀମାନଙ୍କ ପଦଧୂଳି ପାଇବା ନିମନ୍ତେ ଯେଉଁ ବ୍ରଜରେ ବ୍ରହ୍ମାଦି ଦେବଗଣ ସ୍ଥାବର ରୂପେ ଜନ୍ମଗ୍ରହଣ କରିବାକୁ ଇଚ୍ଛା କରନ୍ତି, ସେହି ବୃନ୍ଦାବନରେ ଏ ମନୁଷ୍ୟଧମ-ବୈଷ୍ଣବ-କୁଳାଙ୍ଗାରମାନଙ୍କୁ ମଠଧିକାରୀ ରୂପେ, କିଏ ନିଯୁକ୍ତ କଲା ? ଏପରି କହି କଳାବତୀ ଦୀର୍ଘନିଶ୍ୱାସ ପରିତ୍ୟାଗପୂର୍ବକ ଅଶ୍ରୁପୂର୍ଣ୍ଣ ନୟନରେ ବ୍ରଜଦ୍ୱାରେ ଯାଉଥିଲେ । ଏହି ଯୁବତୀ ଶିରୋମଣିଙ୍କୁ ଦେଖି ଗୋପାଳ ଦାସ ଅଧିକାରୀ ପଚାରିଲେ ।

ଅଧି-ମାତା ! କାହିଁକି କ୍ରନ୍ଦନକରି ଯାଉଅଛ ? କିଏ ତୁମ୍ଭଙ୍କୁ ଗାଲିଦେଲା ? ନା ତୁମ୍ଭର ଧନ କିଏ ହରଣ କଲା ?

କଳା-ଏ ଯାକ କିଛି ନୁହେଁ ବାବା ! ତୁମ୍ଭପରି ଜଣେ ଅଧିକାରୀ ଗୋବିନ୍ଦ ଜୀଉଙ୍କ କୁଞ୍ଜରେ ଅଛନ୍ତି । ତାହାଙ୍କଠାରେ ଚାରିଜଣ ମାତା ମଧ୍ୟ ଅଛନ୍ତି । ମୁଁ ସେ ମନ୍ଦିରକୁ ଦର୍ଶନ କରିବାକୁ ଯାଇଥିଲି ! ତହିଁରୁ ଜଣେ ମାତା ଆସି ମୋତେ ସେଠାରେ ରହିବାକୁ ଅନୁରୋଧ କଲେ । ତାହାଙ୍କ କଥାରେ ମୁଁ ବିଶ୍ୱାସ କରି ସେଠାରେ ରହିଲି । କେତେଦିନ ଉଭାରେ ସେ ମାତା ମୋତେ କହିଲେ- "ଆପଣ ଅଧିକାରୀଙ୍କଠାରୁ ଗୋପାଳ ମନ୍ତ୍ର ଗ୍ରହଣ କରିବା ହେଉନ୍ତୁ ।" ଅଧିକାରୀ ମନ୍ତ୍ରୋପଦେଶ ଦେବାର ତେଣିକି ଥାଉ କାମୁକପରି ଆଚରଣ କରିବାକୁ ଆରମ୍ଭ କଲେ । ଆଜି ଏହି ବୃନ୍ଦାବନରୁ ବାହାରିଯିବି ।

ଇତ୍ୟବସରରେ ଇନ୍ଦୁମତୀ ଯମୁନାରୁ ସ୍ନାନକରି ଆସୁଅଛନ୍ତି, ହଠାତ୍ କଳାବତୀ ସମ୍ମୁଖରେ ପଡ଼ିବାରୁ ବହୁ ବିଳାପ କରି ପଚାରିଲେ ।

ଇନ୍ଦୁ-କଳାବତୀ ! ମୋତେ ପରିତ୍ୟାଗ କରି ଏକାକିନୀ ଏତେକାଲ କେଉଁଠାରେ ବାସ କରିଥିଲ ? ଏତ୍ତେ ନିର୍ଦ୍ଦୟ ଭାବ କାହିଁକି ? କି ଦୋଷ କରିଅଛି ? ଯାହାହେଉ ଏବେ ଆପଣ କାହିଁକି ଦୁଃଖରେ ଅଭିଭୂତା ହୋଇଅଛନ୍ତି ।

କଳା-ସଖୀ ! ଏହି ଅଧିକାରୀମାନଙ୍କ ଗୁଣ କି କହିବି ! କହିବାକୁ ଲାଜ ଲାଗୁଛି ।

ଇନ୍ଦୁ–କହିବା ହେଉନ୍ତୁ । କାହିଁକି ଲାଜ ?

କଳା–ଦିନେ ମୁଁ ଗୋବିନ୍ଦ ଜୀଉଙ୍କ କୁଞ୍ଜକୁ ଯାଇଥିଲି । ସେଠା ଅଧିକାରୀ ଗୋବିନ୍ଦ ଦାସ ମଠରେ ରହିବାକୁ ମୋତେ ଅନୁରୋଧ କଲେ । ତାହାଙ୍କ ଅନୁରୋଧରେ ମୁଁ ରହିଲି । କେତେକ ଦିନ ପରେ ଅଧିକ କାମଶରରେ ପ୍ରପୀଡ଼ିତ ହୋଇ ମୋତେ ଆକ୍ରମଣ କରିବାକୁ ଲାଗିଲେ । ଏହିପରି ଅଧିକାରୀମାନଙ୍କ ଲକ୍ଷଣ ।

ଇନ୍ଦୁ–ସଖି କଳାବତୀ ! ସେ ଅଧିକାରୀମାନଙ୍କଠାରେ ମାତାଜୀମାନେ ଅଛନ୍ତି କି ?

କଳା–ଚାରିଜଣ ମାତାଜୀ ଅଛନ୍ତି । ସେମାନେ ବ୍ୟଭିଚାରିଣୀ ପରି ବୋଧ ହେଉଅଛି ।

ଇନ୍ଦୁ–କଳାବତୀ ! ଆପଣଙ୍କୁ ଅନ୍ବେଷଣ କରି କରି ଏହି ମଠାଧିକାରୀଙ୍କ ମନ୍ଦିରରେ ଅବସ୍ଥାନ କରିଅଛି । ଏଠାରେ ମଧ୍ୟ ଦୁଇଜଣ ମାତାଜୀ ଅଛନ୍ତି । ମୋତେ ମଧ୍ୟ ଆପଣଙ୍କ ପରି ଘଟିଥାନ୍ତା । ମାତ୍ର ଦୈବବଶତଃ ମୁଁ ଅସ୍ପର୍ଶୀ ହେବାରୁ ଭଗବାନ ମୋତେ ରକ୍ଷାକଲେ ପରା ! ଏହି ପାପାଶୟ ଅଧିକାରୀମାନଙ୍କ ମନ୍ଦିରରେ ଥିବାଠାରୁ ପ୍ରାଣତ୍ୟାଗ କଲେ ଭଲ । ଏ ପୁଣ୍ୟ–ତୁଳସୀ କ୍ଷେତ୍ରରେ କାଳସର୍ପ ଅଧୀକାରୀମାନେ ବାସ କରିଅଛନ୍ତି । କଳାବତୀ ! ଏହି ବ୍ରଜବାସୀମାନଙ୍କ ମହାତ୍ମ୍ୟ ବୁଝିଲ ? ଚାଲ ଶୀଘ୍ର ଅନ୍ୟ ଦେଶକୁ ଗମନ କରିବା ।

ଷଷ୍ଠ ପରିଚ୍ଛେଦ

କୁମ୍ଭମେଳା

ଇନ୍ଦୁମତୀ, କଳାବତୀ ଦୁହେଁ ଦ୍ୱାଦଶ ବନ ପରିଭ୍ରମଣ କରି ଗଭୀର ବନରେ ସାଧୁମାନଙ୍କୁ ଦର୍ଶନ କରି ଶ୍ରୀ ଜଗନ୍ନାଥଙ୍କ ଦର୍ଶନ କରିବା ଲାଗି ଓଡ଼ିଶା ପ୍ରତି ଗମନ କରିବାକୁ ସ୍ଥିର କରିଅଛନ୍ତି। ଏମନ୍ତ ସମୟରେ ନାନା ସ୍ଥାନରୁ ବୈଷ୍ଣବ ବୈରାଗୀ ସନ୍ନ୍ୟାସୀ ଦଣ୍ଡୀ, ବ୍ରହ୍ମଚାରୀ, ପରମହଂସ ଓ ଉଦାସୀନମାନେ ହରିଦ୍ୱାରକୁ ଯାଉଥିବା ବାର୍ତ୍ତା କଳାବତୀ ଶ୍ରବଣ କରି ସେଠାକୁ ଯିବାକୁ ମନ ବଳାଇଲେ। ପଥରେ ଯାଉଁ ଯାଉଁ କଳାବତୀ ଯୋଗୀନ୍ଦ୍ରଲାଲ ପରମହଂସଙ୍କୁ ପଚାରିଲେ।

କଳା-ଆପଣମାନେ କେଉଁଠାକୁ ଯାଉଅଛନ୍ତି ?

ପରମହଂସ-ହରିଦ୍ୱାରରେ କୁମ୍ଭମେଳା ହେବ। ସେଠାକୁ ଆମ୍ଭେମାନେ ଯାଉଅଛୁଁ।

କଳା-ହେ, ପରମହଂସ! ଏ କୁମ୍ଭମେଳାରେ କଅଣ ହୁଏ ?

ପରମ-ବାର ବର୍ଷରେ ଏଠାରେ ଗୋଟିଏ ମହାଯୋଗ ଅଟେ। ଏହି ଯୋଗରେ ଏଠାକୁ ସକଳ ମତାବଲମ୍ବୀମାନେ ଆପଣା ଆପଣା ମତର ଟେକି ଦେଖାଇବାକୁ ଆସନ୍ତି; କେତେ ସାଧୁମାନଙ୍କୁ ଦର୍ଶନ କରିବାକୁ ଆସନ୍ତି ଏବଂ ଆଉ କେତେ ଏହି ଯୋଗରେ ହରିଦ୍ୱାରଠାରେ ଜାହ୍ନବୀରେ ସ୍ନାନ କଲେ ପରମପଦ ଉପଲବ୍ଧ ହୁଏ ବୋଲି ଆସନ୍ତି। ଏହାର ନାମ କୁମ୍ଭମେଳା। ତୁମ୍ଭେ ଦୁହେଁ କେଉଁଠାକୁ ଯିବ ?

କଳା-ଆମ୍ଭେମାନେ କୁମ୍ଭମେଳା ଦର୍ଶନ କରି ଓଡ଼ିଶା ଗମନ କରିବୁ। ଆଜ୍ଞା ହେଲେ କୁମ୍ଭମେଳା ପର୍ଯ୍ୟନ୍ତ ଆପଣଙ୍କ ପଛେ ପଛେ ଆସିବୁ।

ପରମ-ତୁମ୍ଭେମାନେ ଆମ୍ଭ ସଙ୍ଗେ ଆସନାହିଁ। ତୁମ୍ଭେମାନେ ଜାତିରେ ସ୍ତ୍ରୀ ଏବଂ ଗୃହସ୍ଥାଶ୍ରମ ମଧ୍ୟ ନେଇନାହିଁ। ଅତଏବ ଭିନ୍ନମାର୍ଗ ଅବଲମ୍ବନ କରି ସେଠାକୁ ଯାଅ।

କଳା–ହେ ସାଧୁ! ଆପଣ ଆମ୍ଭର ପିତୃସଦୃଶ; ଆମ୍ଭେମାନେ ତୁମ୍ଭ ଅନୁଗମନ କଲେ କି ହେଲା ?

ପରମ–ନାହିଁ ମାତା ! ସେପରି ଆପଣମାନେ ଆସନ୍ତୁ ନାହିଁ। ଆମ୍ଭେ ସାଂସାରିକ ସୁଖରେ ଜଳାଞ୍ଜଳି ପ୍ରଦାନ କରି ପୁଣ୍ୟାଶ୍ରମ ଭ୍ରମଣ କରୁଅଛୁଁ। ଏହି ଆମ୍ଭର ଦୃଢ଼ ବ୍ରତ। ଆମ୍ଭ ପ୍ରାର୍ଥନାରେ ଆପଣମାନେ ଶୀଘ୍ର ଅନ୍ତର ହୁଅନ୍ତୁ।

କଳା–(ବିନୀତଭାବେ) ହେ ସାଧୁ ! ଆପଣ ଯଦି ଦୃଢ଼ ମନସ୍କ ହୋଇଅଛନ୍ତି, ତେବେ ଆମ୍ଭେମାନେ ସଙ୍ଗରେ ଥିଲେ ଆପଣଙ୍କର କିଞ୍ଚିନ୍ମାତ୍ର ବ୍ରତ ଭଙ୍ଗ ହେବନାହିଁ।

ପରମହଂସ ଏହା ଶୁଣିବା ମାତ୍ରକେ ପ୍ରସଙ୍ଗବଶତଃ "ଋଷ୍ୟଶୃଙ୍ଗ ଓ ଜରତା ବେଶ୍ୟାଙ୍କ" ଚରିତ କହିଲେ। ପରେ "ଘୃତକୁମ୍ଭସମା ନାରୀ, ତପ୍ତାଙ୍ଗାର ସମଃ ପୁମାନ୍" ଏହି ନୀତି ବାକ୍ୟ କହି ଶୀଘ୍ର ଆପଣମାନେ ଅନ୍ତର ହୁଅନ୍ତି ବୋଲି ବାରମ୍ବାର ପ୍ରାର୍ଥନା କଲେ। କଳାବତୀ ପରମହଂସଙ୍କଠାରୁ ବିଦାୟ ଘେନି ଭିନ୍ନମାର୍ଗ ଅବଲମ୍ବନ କଲେ। ପଥରେ ଯାଉଁ ଯାଉଁ ଇନ୍ଦୁମତୀଙ୍କି କହିଲେ।

କଳା–ସଖୀ ! ଏ ପରମହଂସ କିପରି ସାଧୁ ! ଏପରି ସାଧୁମାନେ ମାତ୍ର ପୁଣ୍ୟାଶ୍ରମାନଙ୍କରେ ଥିବା ଯୋଗ୍ୟ !

ତଦ୍ବାଦ ଦୁହେଁ ହରିଦ୍ୱାରରେ ପ୍ରବେଶ ହେଲେ। ସେଠାରେ ଶ୍ରୀ, ସନକ, ବ୍ରହ୍ମା, ରୁଦ୍ର ଚାରି ସଂପ୍ରଦାୟ–ବୈଷ୍ଣବ, ଯୋଗୀ, ସନ୍ନ୍ୟାସୀ, ମୁନି, ତପସ୍ୱୀ ଓ ଦଣ୍ଡୀମାନେ ସମବେତ ହୋଇଅଛନ୍ତି। ସେମାନଙ୍କ ମଧ୍ୟରେ କେତେ ଜଟାଜୂଟଧାରଣ କରିଅଛନ୍ତି; କେତେ ଦିଗମ୍ବର, କେତେ ଦଣ୍ଡ କମଣ୍ଡଳୁ ଧରି କାଷାୟ ବସନ ପରିଧାନ କରିଅଛନ୍ତି, ଏବଂ କେତେ ମୌନ–ବ୍ରତୀ। ଯେତେବେଳେ ସ୍ନାନଯୋଗ ଉପସ୍ଥିତ ହେଲା, ଆପଣା ଆପଣା ନିଶାଣି ଧରି ଭିନ୍ନ ଭିନ୍ନ ସଂପ୍ରଦାୟମାନେ ଜାହ୍ନବୀରେ ସ୍ନାନ କରିବାକୁ ବାହାରିବା ସମୟରେ ସେମାନଙ୍କ ମଧ୍ୟରେ ବିଶେଷ ଗୋଳମାଳ ଉଠିଲା। ବୁଝିଲେ ଯେ ସେମାନେ ନିଜ ନିଜ ଆଧିକ୍ୟ ଦେଖାଇବାଲାଗି ବିବାଦ କରୁଅଛନ୍ତି। ତତ୍ପରେ କଳାବତୀ ସହଚରୀ ସହ ପୁଣ୍ୟ ତୀର୍ଥରେ ସ୍ନାନକରି ସାଧୁମାନଙ୍କୁ ଦର୍ଶନକଲାବାଦ ସେଠାରୁ ବାହାରିଲେ। ତିନିଦିନ ପରେ କଲିକତାଠାରେ ଜାହାଜରେ ବସି ଯାଉଥିବା ସମୟରେ ଦେଖିଲେ ସେ ଜାହାଜରେ ନାନା ଜାତୀୟ ଲୋକେ ଯାଉଥିଲେ। ସେମାନଙ୍କ ମଧ୍ୟରେ ଅମ୍ବିକାଚରଣ ଚୌଧୁରୀ ଏବଂ ତାହାଙ୍କର ସହଧର୍ମିଣୀ ଚନ୍ଦ୍ରକଳା ମଧ୍ୟ ଥିଲେ। ଚନ୍ଦ୍ରକଳା କଳାବତୀଙ୍କ ଅପୂର୍ବ ଲାବଣ୍ୟ ମୂର୍ତ୍ତି ଦେଖି ପଚାରିଲେ।

ଚନ୍ଦ୍ରକଳା–ତୁମ୍ଭେ କେଉଁଠାରୁ ଆସୁଅଛ ? ଏଣେ କେଉଁଠାକୁ ଯିବ ? ଏବଂ ତୁମ୍ଭର ନାମ କଅଣ ?

କଳା–ଆପଣଙ୍କ ନାମ ପ୍ରଥମେ କହିବା ହେଉନ୍ତୁ।

ଚନ୍ଦ୍ର–ମୋର ନାମ ଚନ୍ଦ୍ରକଳା।

କଳା–ସଖି ଚନ୍ଦ୍ରକଳା! ମୋର ନାମ ଶୁଣିବାକୁ ଇଚ୍ଛା କରିଅଛ? ମୋର ଚନ୍ଦ୍ର ନାହିଁ। ଏଣୁ କଳାରେ ବତୀ ଲଗାଇ ପୁଣ୍ୟାଶ୍ରମମାନ ଭ୍ରମଣ କରୁଅଛି।

ଏହି ସାରୋକ୍ତି ଶ୍ରବଣ କରେ ଚନ୍ଦ୍ରକଳା ଚକିତ ହେଲେ ମାତ୍ର ତାହାର ମର୍ମ ବୁଝିପାରିଲେ ନାହିଁ। ଅମ୍ବିକାଚରଣ ନିଜ ପତ୍ନୀଙ୍କୁ ଡାକି କହିଲେ। ପ୍ରିୟେ! ତୁମ୍ଭ ସଖୀଙ୍କ ନାମ କଳାବତୀ; ସେ ବିଦ୍ୟାବତୀ ପରି ପ୍ରତୀତ ହେଉଅଛନ୍ତି। ଏହାଙ୍କ ସହିତ ବିଶେଷ କଥୋପକଥନ କରନାହିଁ। ତୁମ୍ଭ ଅଜ୍ଞତା ପ୍ରକାଶ ହେବ। ମୁଁ ତାହାଙ୍କ ପାଶକୁ ଯାଉଅଛି।

ଅମ୍ବିକାଚରଣ କଳାବତୀଙ୍କ ନିକଟକୁ ଯାଇ କହିଲେ।

ଅମ୍ବିକା–ଆପଣମାନେ କଟକଯାଏ ଆମ୍ଭର ଅତିଥି ହେଉନ୍ତୁ।

କଳାବତୀ ତାହାଙ୍କ ପ୍ରାର୍ଥନାରେ ସମ୍ମତି ପ୍ରଦାନ କରି ପଚାରିଲେ ଏଠାରେ କଅଣ ଖାଇବାକୁ ହେବ?

ଅମ୍ବିକା–ଯାହା ଖାଇବାଯୋଗ୍ୟ ତାହା ଖାଇବାକୁ ହେବ।

ଯେତେବେଳେ ଭୋଜନ ସ୍ଥାନରେ ଉପସ୍ଥିତ ହେଲେ ଦେଖିଲେ ଯେ ଅନ୍ନ, ବ୍ୟଞ୍ଜନ ପ୍ରଭୃତି ରଖାଅଛି। କଳାବତୀ ଏହି ପଦାର୍ଥମାନ ଭୋଜନ କରିବାକୁ କୁଣ୍ଠିତ ହୋଇ ପଚାରିଲେ।

କଳାବତୀ–ବିଭିନ୍ନ ଜାତୀୟ ଲୋକେ ଏଠାରେ ସମବେତ ହୋଇଅଛନ୍ତି। ହିନ୍ଦୁ ହୋଇ କିପରି ଅନ୍ନ ଭୋଜନ କରିବାକୁ ହେବ?

ଅମ୍ବିକା–"ନୌକାୟାଂ ଗଜପୃଷ୍ଠକେ।" ଏହି ବିଧି ଅନୁସାରେ ଆମ୍ଭମାନଙ୍କୁ ଭୋଜନ କରିବାକୁ ହେବ। ଦେଖ କଳାବତୀ! ସୂର୍ଯ୍ୟବଂଶୀୟ ରଘୁ ମହାରାଜ ଯେତେବେଳେ ଦିଗ୍‌ବିଜୟ କରିବାକୁ ବାହାରିଲେ ତେତେବେଳେ ତାହାଙ୍କୁ ନାନାଦେଶ ଭ୍ରମଣ କରିବାକୁ ପଡ଼ିଲା। ତାହାଙ୍କୁ କେତେବେଳେ ଯାନବାହାନାଦିରେ, କେତେବେଳେ ନୌକା ପ୍ରଭୃତି ଜଳଯାନମାନଙ୍କରେ ଗମନ କରିବାକୁ ହେଉଥିଲା। ଯାତ୍ରା ସମୟରେ ନୌକାରେ ଭୋଜନ କରିବାକୁ ଦୋଷମଣ୍ଡ ନଥିଲେ। ସୁନ୍ଦରୀ! ତୁମ୍ଭେ ଏପରି ଦୋଷ ମଣିବାକୁ ହେଲେ ଭାରତ ବିନା ଅନ୍ୟ ଦେଶମାନ ଭ୍ରମଣ କରିପାରିବ ନାହିଁ। ଦେଖ ସୁନ୍ଦରୀ! ହିନ୍ଦୁ ମତାବଲମ୍ବୀ ସୁବିଦ୍ୱାନ୍ ଭାରତ ପୁତ୍ରମାନେ ପୃଥିବୀର ନାନା ସ୍ଥାନ ପର୍ଯ୍ୟଟନ କରି ସଭ୍ୟତାର ଉଚ୍ଚତମ ସୋପାନରେ ଅଧିରୋହଣ କରିଅଛନ୍ତି। ଅତଏବ ନିଃସଂଶୟରେ ଭୋଜନ କରିବା ହେଉନ୍ତୁ।

କଳାବତୀ ଅମ୍ବିକାଚରଣଙ୍କ ଯୁକ୍ତିସଙ୍ଗତ ବାକ୍ୟରେ ସାତିଶୟ ସନ୍ତୁଷ୍ଟ ହୋଇ

ଭୋଜନ କରିବାକୁ ମନ ବଳାଇଲେ । ଭୋଜନ ସମୟରେ ଅମ୍ବିକାଚରଣ କଳାବତୀଙ୍କ ସହିତ କଥୋପକଥନ କରିବାକୁ ଆରମ୍ଭ କଲେ । କଳାବତୀଙ୍କ ସୁମଧୁର ବାକ୍ୟ ଶୁଣି ଅମ୍ବିକାଚରଣ ମନେ ମନେ ବିଚାର କଲେ । ହା ! ଏହି ସୁନ୍ଦରୀର ମୁଖନିର୍ଗତ ବାକ୍ୟଗୁଡ଼ିକ କି ଅନିର୍ବଚନୀୟ ଶୋଭା ଧାରଣ କରିଅଛି ! ଏହି ଗୁଣଶାଳିନୀଙ୍କ ଯୁକ୍ତିସଙ୍ଗତ ସୁମଧୁର ବାକ୍ୟମାନ ଯେତେବେଳେ କଟକବାସୀମାନଙ୍କ କର୍ଣ୍ଣପଥରେ ପଡ଼ିବ କି ପଣ୍ଡିତ, କି ମୂର୍ଖ, କି ସଭ୍ୟ, କି ଅସଭ୍ୟ ସମସ୍ତେ ଆନନ୍ଦ ସାଗରରେ ଭାସମାନ ହେବେ ।

ରଙ୍ଗାସାଗର ସଙ୍ଗମର ଅନିର୍ବଚନୀୟ ଶୋଭା, କପିଳାଶ୍ରମ, ବ୍ରାହ୍ମୀ ଓ ବୈତରଣୀର ସଙ୍ଗମ ସ୍ଥାନ, ସ୍ଥାନେ ସ୍ଥାନେ ଲହରୀମାନଙ୍କର ଶୋଭା ଏବଂ ମହାନଦୀସ୍ଥିତ ମଗରମାନଙ୍କର କ୍ରୀଡ଼ା ଅବଲୋକନ କରି କଳାବତୀ ଆନନ୍ଦିତା ହୋଇ ମିତ୍ରମାନଙ୍କ ସହ ଜାହାଜର ଚତୁର୍ଦ୍ଦିଗରେ ଭ୍ରମଣ କରୁଥାନ୍ତି । ସେହି ସମୟରେ ଓଡ଼ିଶା କମିଶନର ସାହେବଙ୍କ ସହିତ କଳାବତୀଙ୍କର ସାକ୍ଷାତ୍ ହୋଇଥିଲା । ସାହେବ କଳାବତୀଙ୍କ ବାକ୍ୟରେ ପ୍ରୀତ ହୋଇ କଟକରେ କେତେକ ଦିନ ତାହାଙ୍କୁ ରହିବାକୁ ପ୍ରାର୍ଥନା କରିଥିଲେ । ତାହାଙ୍କ ପ୍ରାର୍ଥନାରେ କଳାବତୀ ସମ୍ମତି ପ୍ରଦାନ କରିବାରୁ ଅମ୍ବିକାଚରଣଙ୍କ ଆନନ୍ଦ ସାଗର ଉଦ୍‌ବେଳିତ ହେଉଥିଲା । ଏହିପରି କୌତୁକରେ କଳାବତୀ କାଳଯାପନ କରୁଥିଲାବେଳେ ଜୋବରା ଘାଟରେ ଜାହାଜ ଉପସ୍ଥିତ ହେଲା । କମିଶନର ସାହେବଙ୍କୁ ସମ୍ମାନ କରିବା ନିମନ୍ତେ ହରପ୍ରସାଦ ଶଙ୍ଖୁଆ, ମଦନମୋହନ ଦାସ, ସାଧୁଚରଣ ନାୟକ ପ୍ରଭୃତି ଭଦ୍ରସନ୍ତାନମାନେ ଅପେକ୍ଷା କରିଅଛନ୍ତି । ଇତ୍ୟବସରରେ କଳାବତୀ ସହିତ ସାହେବ, ଅମ୍ବିକାଚରଣ, ଚନ୍ଦ୍ରକଳା ଓ ଇନ୍ଦୁମତୀ ଜାହାଜରୁ ଉତ୍ତୀର୍ଣ୍ଣ ହେଲେ । ସାହେବ ଏବଂ କଳାବତୀ ଅତି ଚମକ୍ରାରେ କଥୋପକଥନ କରୁଅଛନ୍ତି । ତାହା ଦେଖି ସମସ୍ତେ ଚମକୃତ ହେଲେ; ଏବଂ ଏହି ଅମୂଲ୍ୟ ସୁନ୍ଦରୀକୁ ସାହେବ କିପରି ଲଭିଲେ ତାହାର ଉଦନ୍ତ ବୁଝିବାକୁ ସମସ୍ତଙ୍କ ମନ ଉଦ୍‌ବେଗ ହେଲା । ସାହେବ, କଳାବତୀ ଓ ଇନ୍ଦୁମତୀ ଗୋଟିଏ ଗାଡ଼ିରେ ବସି ଲାଲବାଗ୍ ପ୍ରତିଗମନ କଲେ । ସାଧୁଚରଣ ନାୟକ ଅମ୍ବିକାଚରଣଙ୍କୁ ପ୍ରସଙ୍ଗବଶତଃ ପଚାରିଲେ ।

ସାଧୁ-ସାହେବଙ୍କ ସହିତ ଯେଉଁ ଦୁଇଗୋଟି ହିନ୍ଦୁ ମହିଳା ବସିଅଛନ୍ତି ସେମାନଙ୍କ ବିଷୟରେ ଆପଣ କିଛି ଜାଣିଅଛନ୍ତି ?

ଅମ୍ବିକା-ସାଧୋ ! ଏ ଦୁହେଁ ଦେଶ ଭ୍ରମଣ କରିବାକୁ ବାହାରି ଅଛନ୍ତି, ସେ ସାହେବଙ୍କ ଦକ୍ଷିଣ ପାର୍ଶ୍ୱରେ ବସିଅଛନ୍ତି । ସେ ସକଳ ଗୁଣରେ ପରିପୂର୍ଣ୍ଣା ଅଟନ୍ତି, ତାହାଙ୍କର ବଚନ ଏପରି ମଧୁର ଯେ ସେ ଅବଲୀଳାରେ ଜଗତ ବଶ କରିପାରିବେ । ଏହାଙ୍କୁ ସରସ୍ବତୀ କହିଲେ ମଧ୍ୟ ଅତ୍ୟୁକ୍ତି ହେବ ନାହିଁ; ଏବଂ ଯେ ବାମ ପାର୍ଶ୍ୱରେ

ବସିଅଛନ୍ତି ସେ ଏହି ପରମସୁନ୍ଦରୀଙ୍କ ସହଚରୀ ଅଟନ୍ତି । ଏ ଦୁହେଁ ଆୟର ଅତିଥି ହୋଇ କେତେକାଳ କଟକରେ ଅବସ୍ଥାନ କରିବାକୁ ଅଙ୍ଗୀକାର କରିଅଛନ୍ତି । ହଠାତ୍ ସାହେବ ପରିଚୟ ଦେବାରୁ ସ୍ନେହବଶତଃ ତାହାଙ୍କ ସହିତ ଗମନ କରୁଅଛନ୍ତି । ସାଧୁଚରଣ ପ୍ରଭୃତି ଭଦ୍ରବ୍ୟକ୍ତିମାନଙ୍କର ଶଙ୍କା ବିଦୂରିତ ହେଲା । କମିଶନର ସାହେବ କଳାବତୀଙ୍କୁ ଅମ୍ବିକା–ଚରଣଙ୍କ ଗୃହରେ ଛାଡ଼ିଦେଇ ଫେରି ଲାଲବାଗକୁ ପ୍ରସ୍ଥାନ କଲେ ।

ସପ୍ତମ ପରିଚ୍ଛେଦ

ଇନ୍ଦ୍ରଧନୁ ଓ ବିଜୁଳୀର ତିରୋଭାବ

ଦିନେ କଳାବତୀ ସାୟଂକାଳ ସମୟରେ ସାୟଂ ସମୀରଣ ସେବନାର୍ଥେ କାଠଯୋଡ଼ି ଆଡ଼େ ଭ୍ରମଣ କରିବାକୁ ଯାଇ ପ୍ରତ୍ୟାବର୍ତ୍ତନ ସମୟରେ ଦେଖିଲେ ଯେ ବାବୁ ମାଧବଦାସ, ଉମାଶଙ୍କର ରାୟ, ଭୀମଶଙ୍କର ରାୟ, ଆନନ୍ଦକିଶୋର ଦାସ, ଶିବମୋହନ ସେନାପତି, ଶ୍ରୀନାଥ ରାୟ ପ୍ରଭୃତି ଉତ୍କଳ ଭଦ୍ରସନ୍ତାନମାନେ ଅମ୍ବିକାଚରଣ ସହିତ କଥୋପକଥନ କରୁଅଛନ୍ତି। ଏମନ୍ତ ସମୟରେ କଳାବତୀଙ୍କୁ ଦେଖି ସମସ୍ତେ ଦଣ୍ଡାୟମାନ ହେଲେ। କଳାବତୀ ସେମାନଙ୍କ ବିନୟ ଭାବରେ ମୁଗ୍ଧ ହୋଇ କହିଲେ।

କଳାବତୀ–ଆପଣମାନେ କିଞ୍ଚିତ୍ କାଳ ଅପେକ୍ଷା କରନ୍ତୁ।

ତତ୍ପରେ ଶୀଘ୍ର ଗୃହାନ୍ତରକୁ ଯାଇ ନିର୍ମ୍ମଳୋଦକରେ ମାର୍ଜିତ ହୋଇ ପରିଶୁଭ୍ର ବସ୍ତ୍ର ପରିଧାନପୂର୍ବକ ସେମାନଙ୍କ ସମ୍ମୁଖରେ ଉପସ୍ଥିତ ହୋଇ କହିଲେ।

କଳା–ହେ ଗୁଣିଗଣସମ୍ମାନିତ ଉତ୍କଳ ସଭ୍ୟବୃନ୍ଦ! ଆପଣମାନଙ୍କ ଠାରେ ମୁଁ ଗର୍ବହି ଅମାନ୍ୟ କରିଅଛି। ଆପଣମାନଙ୍କ ପରି ଭଦ୍ରବ୍ୟକ୍ତିମାନେ ମୋତେ ଦେଖିବାକୁ ଅପେକ୍ଷା କରୁଥିବାବେଲେ କିଞ୍ଚିତ୍ ଅପେକ୍ଷା କରନ୍ତୁ ଏପରି କହି ଗୃହାନ୍ତରକୁ ଯାଇ ବ୍ୟର୍ଥରେ ଆପଣମାନଙ୍କ ଅମୂଲ୍ୟ ସମୟ ହରଣ କରିଅଛି କ୍ଷମା କରିବା ହେଉନ୍ତୁ।

ଭଦ୍ର–ନା, ନା ଦେବି! ସେପରି କହନ୍ତୁ ନାହିଁ! ଆପଣ କିଛି ଦେରି କରିନାହାନ୍ତି, ଅବଜ୍ଞା କରିବାକୁ ଗୃହାନ୍ତରକୁ ଯାଇନାହାନ୍ତି ମାତ୍ର କାର୍ଯ୍ୟବଶତଃ ଆପଣଙ୍କୁ ଗୃହାନ୍ତରକୁ ଯିବାକୁ ପଡ଼ିଲା। ଯଥାର୍ଥରେ କହିଲେ ଆପଣଙ୍କର ଆମ୍ଭେମାନେ କେତେ ପର୍ଯ୍ୟନ୍ତ ଅନିଷ୍ଟ ଘଟାଇ ଅଛୁଁ।

"ହେ ଗୁଣିଗଣ ଶିରୋମଣ୍ଡନେ! ଆମ୍ଭେମାନେ ଭାଗ୍ୟବଶତଃ ଆପଣଙ୍କ ଦର୍ଶନ ପ୍ରାପ୍ତ ହୋଇଅଛୁଁ। ଆମ୍ଭମାନଙ୍କ ପ୍ରାର୍ଥନାରେ ଆପଣ ଏଠାରେ କେତେକାଳ ରହି ଆମ୍ଭମାନଙ୍କୁ ଚରିତାର୍ଥ କରନ୍ତୁ" ଏହିପରି ମାଧବଦାସଙ୍କ ପ୍ରତ୍ୟୁତ୍ତର ଶ୍ରବଣ କଲା ମାତ୍ରକେ

କଳାବତୀ ସାତିଶୟ ସନ୍ତୁଷ୍ଟ ହୋଇ ଆମୋଦପ୍ରମୋଦରେ ପ୍ରାୟ ଅଢ଼ାଇ ଘଣ୍ଟା ଯାପନ କରି ପରିଶେଷରେ ମୁକ୍ତକଣ୍ଠରେ କହିଲେ ।

କଳା–କେତେ କାଳ ମୁଁ ଆପଣମାନଙ୍କ ଅତିଥି ହୋଇ ରହିବି ?

ଭଦ୍ର–ଏ ଆପଣଙ୍କ ଗୃହ । ଆପଣ କାହାର ଅତିଥି ହେବେ ?

ଏହିପରି କହି ସମସ୍ତେ କଳାବତୀଙ୍କଠାରୁ ବିଦାୟ ନେଲାବେଲେ, ଅମ୍ବିକାଚରଣଙ୍କ ଗୃହ ନିକଟରେ ଜଣେ କାୟସ୍ତ ମହିଳା ବାସ କରିଥାଏ, ତାହାର ନାମ ସୂର୍ଯ୍ୟମଣି । ଆପଣା ଗୃହରେ ହଠାତ୍ ଅଗ୍ନି ଲାଗିବା ଯୋଗୁ ସାହାୟ୍ୟ ନିମନ୍ତେ ଅତି କାତର ସ୍ୱରରେ ଡାକୁଥିଲା । ସେ ଅତି ଗରିବ ଥିବାରୁ କେହି ତାହାର ସାହାୟ୍ୟ କରିବାକୁ ଯାଉନଥିଲେ । ଏହି କାତର ବାକ୍ୟ କଳାବତୀଙ୍କୁ ଶ୍ରୁତି ପଥରେ ପଡ଼ିବାରୁ ଶୀଘ୍ର ବାହାରକୁ ଆସି ଦେଖିଲେ ଯେ, ସନ୍ନିକଟ ଗୃହରେ ଅଗ୍ନି ଲାଗି ଜଳୁଥିଲା, ଅଗ୍ନି ନିର୍ବ୍ବାପଣ କରିବା ନିମନ୍ତେ ଅତିଶୀଘ୍ର ସେଠାରେ ପ୍ରବେଶ ହେଲେ । କଳାବତୀଙ୍କର ଏପରି ପରୋପକାର ବୁଦ୍ଧି ଦେଖି ସେହି ବାବୁମାନେ ତାହାଙ୍କ ପଛେ ପଛେ ଗମନ କରି ଅଗ୍ନିନିର୍ବ୍ବାପଣ କରିଦେଲେ । ପରେ ଆପଣା ଆପଣା ଗୃହକୁ ପ୍ରସ୍ଥାନ କଲେ । ଆରଦିନ ପ୍ରାତଃକାଲରେ ସୂର୍ଯ୍ୟମଣି କଳାବତୀଙ୍କ ନିକଟକୁ ଯାଇ ନିଜ ଦୁଃଖ ପ୍ରକାଶ କରି ଗୃହ ସଂସ୍କରଣ କରିବା ନିମନ୍ତେ ସାହାୟ୍ୟ ପ୍ରାର୍ଥନା କରିବାରୁ ତତ୍‌କ୍ଷଣାତ୍ ପଞ୍ଚଦଶ ମୁଦ୍ରା ପ୍ରଦାନ କଲେ !

ଏହି ସମୟରେ କଟକରେ ଭଞ୍ଜୀୟ ଆଦୋଲନ ବିଶେଷତଃ ଲାଗିଥିଲା । ପ୍ରତି ପାଠକଙ୍କ ହସ୍ତରେ ଇନ୍ଦ୍ରଧନୁ ଓ ବିଜୁଳୀ ଦେଖାଯାଉଥିଲା । ଜଣେ ଉଚ୍ଚ ଶ୍ରେଣୀ ଛାତ୍ରଙ୍କ ହସ୍ତରେ ଏ ଦୁଇ ପତ୍ରିକା ଦେଖି ପାଠକରିବା ନିମନ୍ତେ କଳାବତୀ ତାହାଙ୍କୁ ଉକ୍ତ ପତ୍ରିକା ମାଗନ୍ତେ ଛାତ୍ର ଅତ୍ୟନ୍ତ ଭକ୍ତିପୂର୍ବ୍ବକ ତାହାଙ୍କୁ ପ୍ରଦାନ କଲେ । କଳାବତୀ ପତ୍ରିକାଦ୍ୱୟ ପାଠକରି ସମୟ ସମୟରେ ଦୁଃଖ ପ୍ରକାଶ କରୁଥାଆନ୍ତି । ଅବସର ପ୍ରାପ୍ତ ହେଲେ ସର୍ବ୍ବସାଧାରଣଙ୍କୁ ଆପଣାର ଅଭିମତ ଜଣାଇବାପାଇଁ ଇଚ୍ଛୁକ ହୋଇଥାଆନ୍ତି । ଦିନେ ଭଞ୍ଜୀୟ ଆଦୋଲନଲାଗି ବାବୁ ଆନନ୍ଦକିଶୋର ଦାସଙ୍କ ଗୃହରେ କେତେ ଉତ୍କଳ ଭଦ୍ରବ୍ୟକ୍ତିମାନଙ୍କର ଗୋଟିଏ ଅଧିବେଶନ ହୋଇଥିଲା । କଳାବତୀ ଅମ୍ବିକାଚରଣଙ୍କ ସହିତ ହଠାତ୍ ସେଠାରେ ପ୍ରବେଶ ହେଲେ । ଏହି ଅଧିବେଶନରେ ଅଗ୍ରାସନ ଗ୍ରହଣ କରିବାକୁ କଳାବତୀଙ୍କୁ ଅନୁରୋଧ କରନ୍ତେ ଅତ୍ୟନ୍ତ ଆନନ୍ଦସହ କଳାବତୀ ଅଗ୍ରାସନ ଗ୍ରହଣ କରି କହିଲେ ।

କଳା–ଯେଉଁ ମହାତ୍ମାର ମହାକାବ୍ୟ, ଖଣ୍ଡକାବ୍ୟ, ଚିତ୍ରକାବ୍ୟ ଓ ଅଲଙ୍କାର ପ୍ରଭୃତି କବିତାମାନ ଉତ୍କଳ ଭାଷାରେ ରଚିତ ହୋଇ ଆଧୁନିକ ଉତ୍କଳ କବିମାନଙ୍କର

ଆଦର୍ଶସ୍ଥାନୀୟ ହୋଇଅଛି, ଯାହାର କବିତାମାନ ସମସ୍ତ ଉତ୍କଳ ମଣ୍ଡଲରେ ପରିଭ୍ରମଣ କରି ଭାରତୀୟ ଉତ୍କଳ ସନ୍ତାନମାନଙ୍କ ମୁଖୋଜ୍ଜ୍ୱଲ କରୁଅଛି, ଯାହାକୁ ପୁରାକାଳୀନ ଉତ୍କଳ କବିମାନଙ୍କରେ ମହାକବି ବୋଲି ହଣ୍ଟର ସାହେବ କହିଅଛନ୍ତି ଏବଂ ଉତ୍କଳବାସୀମାନେ ମୁକ୍ତକଣ୍ଠରେ ସ୍ୱୀକାର କରୁଅଛନ୍ତି, ଯାହାର ଅଭାବରେ ଉତ୍କଳ ସନ୍ତାନମାନେ ବିଦ୍ୟାହୀନ ହୋଇ ଶୁଷ୍କକାଷ୍ଠ ପରି ଦୁଃଖ ସରିତରେ ଭାସମାନ ହୋଇ ଥାଆନ୍ତେ, ଯାହାର ଅଭାବରେ ଉତ୍କଳ ଗୌରବ-ରବି ଉଦୟ ହେବାର ସମ୍ଭାବନା ନଥାନ୍ତା, ଏବଂ ଯାହାଙ୍କୁ ଉତ୍କଳ କବିମାନଙ୍କରେ କାଳିଦାସ କିମ୍ବା ସେକସ୍‌ପିଅର କହିଲେ ଅତ୍ୟୁକ୍ତି ହେବନାହିଁ, ସେହି ଉତ୍କଳ-କବି-ତିଲକ ଶ୍ରୀ ଉପେନ୍ଦ୍ର ଭଞ୍ଜଙ୍କ ଶୁଭ କବିତାରେ କଳଙ୍କ-କାଳିମା ଲେପନ କରିବାକୁ ଯେଉଁମାନେ ସାହସୀ ହୋଇଅଛନ୍ତି, ଆମ୍ଭ ଜାଣିବାରେ ସେମାନେ କୃପାଯୋଗ୍ୟ। ଶ୍ରୋତୃବର୍ଗ ! ଦେଖ, ଯେଉଁ ମହାସମୁଦ୍ର ଭିନ୍ନ ଭିନ୍ନ ସ୍ଥାନରେ ରତ୍ନ, ମୁକ୍ତା, ମତ୍ସ୍ୟ ଓ ନାନା ଜାତୀୟ ଜଳଜନ୍ତୁ ଶଙ୍ଖ, ଶମ୍ବୁକ ପ୍ରଭୃତି ସମସ୍ତ ପଦାର୍ଥମାନ ଇତସ୍ତତଃ ପଡ଼ି ରହିଅଛନ୍ତି, ଏବଂ ସେହି ପଦାର୍ଥମାନଙ୍କୁ ମନୁଷ୍ୟ, ପଶୁ, ପତଙ୍ଗ ସମସ୍ତେ ଆପଣା ଆପଣା ଉପଯୋଗ କ୍ରମେ ଅନୁଭବ କରିବାରେ ତ୍ରୁଟି କରନ୍ତି ନାହିଁ, ସେହି ମହାସମୁଦ୍ରରେ ସ୍ୱଭାବତଃ କାକ ମଳ ଉତ୍ସର୍ଗ କରେ; ତଦ୍‌ଦ୍ୱାରା ସମୁଦ୍ର କଳଙ୍କିତ ହୁଏନାହିଁ ମାତ୍ର କାକର ଏପରି କୁଚେଷ୍ଟା ଦେଖି ଯେଉଁମାନେ ଯାତନା ଦେବାକୁ ବସିଅଛନ୍ତି ସେମାନେ କେବଳ ଆପେ କଳଙ୍କିତ ହୋଇ ମହାସମୁଦ୍ରରେ କଳଙ୍କ-କାଳିମା ଲେପନ କରନ୍ତି। ସେହିପରି ଏ ଭଞ୍ଜୀୟ କାବ୍ୟ ମାନେ ସମସ୍ତ ରସରେ ପୂରିତ ଏବଂ ସମସ୍ତଙ୍କଦ୍ୱାରା ଆନନ୍ଦର ସହିତ ଗୃହୀତ। ଏ ସର୍ବାଦୌ ସମାଲୋଚନାର ସ୍ଥାନ ନୁହେଁ। ଯେଉଁମାନେ ସମାଲୋଚନା କରିବାକୁ ବସିଅଛନ୍ତି ସମାଲୋଚନା କରନ୍ତୁ ସେଥିରେ ମହାକାବ୍ୟର କିଛି ଲାଘବ ହୁଏ ନାହିଁ। ମାତ୍ର ସମାଲୋଚକମାନଙ୍କୁ ପ୍ରତ୍ୟାଖ୍ୟାନ କରିବାଲାଗି ଯେଉଁମାନେ ଅଗ୍ରସର ହୁଅନ୍ତି ସେମାନେ ଆପେ ନିନ୍ଦିତ ହୋଇ ମହାକାବ୍ୟରେ କଳଙ୍କ-କାଳିମା ଲେପନ କରନ୍ତି, ତେତେବେଳେ ଅପରଦଳୀୟ ଲୋକମାନଙ୍କଠାରୁ ଉପଯୁକ୍ତ ପ୍ରତ୍ୟୁତ୍ତର ଯାତନା ପାଇ ମଧ୍ୟ ପରେ ଧନ୍ୟବାଦର ପାତ୍ର ହୁଅନ୍ତି। ଅତଏବ ପ୍ରାର୍ଥନା ଏହି ଯେ, ବିଜ୍ଞମାନେ ଏଥିରେ ହସ୍ତକ୍ଷେପ ନକରି ନୀରବ ହେଉନ୍ତୁ।

କଳାବତୀଙ୍କ ବାକ୍ୟରେ ସମସ୍ତେ ପ୍ରମୋଦିତ ହେଲେ। ତଦବଧି ବିଜୁଳୀ ଓ ଇନ୍ଦ୍ରଧନୁ ଉତ୍କଳ ସାହିତ୍ୟାକାଶରେ ଦେଖିବାକୁ ବିରଳ। ପରିଶେଷରେ କଳାବତୀ ଭଦ୍ରମଣ୍ଡଳୀରେ ପ୍ରଶଂସିତା ହୋଇ ଆବାସ ପ୍ରତି ପ୍ରସ୍ଥାନ କଲେ। ପରଦିନ ପ୍ରାତଃ କାଳରେ କଳାବତୀ ରେଭେନ୍‌ସା କଲେଜକୁ ଯାଇ ବିଦ୍ୟାଭିବୃଦ୍ଧି ବିଷୟରେ

ଛାତ୍ରଛାତ୍ରୀମାନଙ୍କୁ ସଦୁପଦେଶ ଦେଇ ସେମାନଙ୍କୁ ଉସ୍ସାହ ସଂଜାତ କରାଇବା ଲାଗି କିଛି ପୁରସ୍କାର ପ୍ରଦାନ କଲେ। କମିଶନର ପ୍ରଭୃତି ଭଦ୍ରବ୍ୟକ୍ତିମାନଙ୍କୁ ଦର୍ଶନକରି ସାୟଂକାଳ ସମୟରେ କଟକ ଛାଡ଼ି ଉଦ୍ଦେଶ୍ୟ ସ୍ଥାନ ପ୍ରତି ଯାଉଁ ଯାଉଁ ଭୁବନେଶ୍ୱରଠାରେ ଦୁଇଦିନ ଅବସ୍ଥାନ କରି ଭୁବନେଶ୍ୱର, କୋଣାର୍କ ଓ ଖଣ୍ଡଗିରି ମନ୍ଦିରମାନଙ୍କ ଶିଳ୍ପ କାର୍ଯ୍ୟ ସନ୍ଦର୍ଶନରେ ଅତ୍ୟନ୍ତ ପ୍ରୀତ ହେଲେ; ଏବଂ ପୁରୀକାଳୀନ ଓଡ଼ିଆମାନେ ଶିଳ୍ପକାର୍ଯ୍ୟରେ ପାରଦର୍ଶିତା ଲାଭ କରିଥିଲେ ବୋଲି ମନେ ମନେ ସନ୍ତୁଷ୍ଟ ହେଲେ ମାତ୍ର ଓଡ଼ିଆମାନଙ୍କର ଆଜିକାଲି ଅବନତ ଅବସ୍ଥା ଦେଖି ବଡ଼ ବିଳାପ କଲେ। ତଦ୍‍ବାଦ ଯେଉଁସ୍ଥାନ ବୌଦ୍ଧ କୀର୍ତ୍ତିରେ ଶୋଭିତ, ଯେଉଁଠାରେ ସାଧାରଣତଃ ହିନ୍ଦୁମାନେ ଜାତି ପ୍ରଭେଦ ନ ରଖୁଣ୍ଡୁ ପ୍ରସାଦ ଗ୍ରହଣ କରୁଅଛନ୍ତି, ଯେଉଁଠାରେ ହିନ୍ଦୁମାନଙ୍କ ମୁକ୍ତିଦାତା ଓ ଆରାଧ୍ୟ ପ୍ରଭୁ ଅବସ୍ଥାନ କରିଅଛନ୍ତି ଏବଂ ଯେଉଁଠାରେ ଗଙ୍ଗବଂଶୀୟ ରାଜାମାନେ ରାଜଧାନୀ ସ୍ଥାପନ କରି ଭାରତବର୍ଷୀୟ ରାଜାମାନଙ୍କର ପୂଜ୍ୟ ହୋଇଅଛନ୍ତି, ସେହି ଓଡ଼ିଶା ନଗରରେ କଳାବତୀ ଚନ୍ଦନ ଯାତ୍ରା ସମୟରେ ପ୍ରବେଶ ହେଲେ।

ଅଷ୍ଟମ ପରିଚ୍ଛେଦ

ଗଙ୍ଗବଂଶୀୟ ପ୍ରଜାମାନଙ୍କ କାର୍ଯ୍ୟକଳାପ

ଏହି ଚନ୍ଦନଯାତ୍ରା ଦେଖିବା ନିମନ୍ତେ ଅଙ୍ଗ, ବଙ୍ଗ, କଳିଙ୍ଗ, ମଗଧ, ସୌରାଷ୍ଟ୍ର, ପାଣ୍ଡ୍ୟ, ଚୋଳ ପ୍ରଭୃତି ଦେଶମାନଙ୍କରୁ ଅନେକ ଯାତ୍ରୀମାନେ ଆସିଅଛନ୍ତି । ଏମାନଙ୍କର ଏଠାରେ ଏପରି ଦୃଢ଼ଭକ୍ତି ଯେ, ସାଧାରଣତଃ ସମସ୍ତେ ଜାତି ପ୍ରଭେଦ ପ୍ରଥା ପଛରେ ପକାଇ ନିଃସଂଶୟରେ ବଜାରରେ ବିକ୍ରୀତ ସଙ୍କୁଡ଼ି ମହାପ୍ରସାଦ ଗ୍ରହଣ କରନ୍ତି । ପ୍ରାତଃକାଳରେ ଯାତ୍ରୀମାନଙ୍କରୁ କେହି ଶ୍ୱେତଗଙ୍ଗାରେ, କେହି ଇନ୍ଦ୍ରଦ୍ୟୁମ୍ନରେ, କେହି ମାର୍କଣ୍ଡରେ, କେହି ଅନ୍ୟ ତୀର୍ଥମାନଙ୍କରେ ସ୍ନାନକରି ଜଗନ୍ନାଥ ମହାପ୍ରଭୁଙ୍କୁ ଦର୍ଶନ କରିବାଲାଗି ମନ୍ଦିରକୁ ଗମନ କରିବା ସମୟରେ ତତ୍ରସ୍ଥ ସେବକମାନେ ଯାତ୍ରୀମାନଙ୍କ ଗଳାରେ ପୁଷ୍ପମାଳା ଲମ୍ବାଇ ନିର୍ମାଲ୍ୟ ଦେଇ ପଇସା ପ୍ରାର୍ଥନା କରନ୍ତି । ଯେଉଁମାନେ ପଇସା ନ ଦିଅନ୍ତି ସେମାନଙ୍କୁ ନାନାପ୍ରକାର ତିରସ୍କାର କରନ୍ତି । ଏହି ସମସ୍ତ ବିଷୟ ଅବଲୋକନ କରି ଦିନେ ସାୟଂକାଳରେ ଚନ୍ଦନଯାତ୍ରାକୁ କଳାବତୀ ଗମନ କରିବା ସମୟରେ ଲକ୍ଷ୍ମୀପ୍ରିୟା ରାସେଶ୍ୱରୀଙ୍କୁ କଳାବତୀ ପ୍ରତି ଲକ୍ଷ୍ୟ କରି କହିଲେ ।

ଲକ୍ଷ୍ମୀପ୍ରିୟା-ରାସେଶ୍ୱରି ! ଏହି ସୁନ୍ଦରୀର ବେଶଭୂଷା ଦେଖିଲା-ମାତ୍ରକେ ବୋଧହୁଏ ଏ ଜଣେ ଉଚ୍ଚକୁଳସମ୍ଭୁତା, ଏହାକୁ କିପରି ଜାଣିବାକୁ ହେବ ? ଏ ଯେଣେ ଯିବେ ଏହାଙ୍କ ପଛେ ପଛେ ଯିବା ତେବେ ଯଦି ଜଣା ନ ପଡ଼ିବେ ଫେରି ବାହାରି ଆସିବା ।

ଏହି ବିଚାର କରି କଳାବତୀଙ୍କ ପଛେ ପଛେ ଦୁହେଁ ଯାଉଥିଲେ । ଚନ୍ଦନ ତଳାଉରେ ଚାପ ରଖାଥିଲା । ଲୋକେ ସଂକୀର୍ଣ୍ଣ କରି ମଦନ ମୋହନ ମହାପ୍ରଭୁଙ୍କୁ ଚାପରେ ବିଜେ କରାଇ ନାଟ ଖଟଣି କରି ମହାପ୍ରଭୁଙ୍କୁ ତଳାଉରେ ଖେଳାଉଥିଲେ । ଏହି ଯାତ୍ରା ଦେଖିବା ନିମନ୍ତେ ଅନେକ ଲୋକ ସେଠାରେ ସମବେତ ହୋଇଥିଲେ । ଏହି ସମସ୍ତ ବିଷୟ କଳାବତୀ ଅବଲୋକନ କରି ସନ୍ତୁଷ୍ଟ ମନାହୋଇ

ପ୍ରତ୍ୟାବର୍ତ୍ତନ କାଳରେ ତର୍କ ପଞ୍ଚାନନଙ୍କ ସହିତ ତାହାଙ୍କର ସାକ୍ଷାତ ହେଲା। ପଞ୍ଚାନନ ପ୍ରସ୍ତାବବଶତଃ ଏ ପଣ୍ଡିତା ବୋଲି ଜ୍ଞାତ ହେଲେ। ପଣ୍ଡିତମାନେ ଯେଉଁଠାରେ ସାଧାରଣତଃ ସମାବେଶ ହୁଅନ୍ତି, ଯେଉଁଠାରେ ଉପବିଷ୍ଟ ହେଲେ ଗୁଣିଗଣସମ୍ମାନିତ ବ୍ୟକ୍ତିମାନଙ୍କଦ୍ୱାରା ପ୍ରଶଂସିତ ହୁଅନ୍ତି, ସେହି ମୁକ୍ତିମଣ୍ଡପକୁ ପଞ୍ଚାନନଙ୍କ ସହିତ କଳାବତୀ ପ୍ରସ୍ଥାନ କଲେ। ତତ୍ରସ୍ଥ ପଣ୍ଡିତମାନେ କଳାବତୀଙ୍କ ଆଗମନରେ ଅତ୍ୟନ୍ତ ଶଙ୍କିତ ହେଲେ। କଳାବତୀ ମୁକ୍ତିମଣ୍ଡପରେ ପ୍ରବିଷ୍ଟ ହୋଇ ସମସ୍ତଙ୍କୁ ମାନ୍ୟକଲେ। ତତ୍ପରେ କେତେକାଳଯାଏ କଳାବତୀଙ୍କ ସହିତ ପଣ୍ଡିତମାନେ ଶାସ୍ତ ଚର୍ଚ୍ଚାକଲେ। ଅବଶେଷରେ ଜାଣିଲେ ଯେ, କଳାବତୀ ମହତ୍ ପଣ୍ଡିତା ଅଟନ୍ତି। କଳାବତୀ ପଣ୍ଡିତମାନଙ୍କରେ ପ୍ରଶଂସିତା ହେଲା ପରେ ପଞ୍ଚାନନଙ୍କ ଅତିଥି ହୋଇ କେତେକାଳ ପୁରୀରେ ରହିବାକୁ ସ୍ଥିର କଲେ। ଏହି ସମୟରେ ରାସେଶ୍ୱରୀ ଓ ଲକ୍ଷ୍ମୀପ୍ରିୟା ଦୁହେଁ ହାତୀରାମ ମହନ୍ତଙ୍କ ମନ୍ଦିରକୁ ତରତର ହୋଇ ଯାଇ ମହନ୍ତଙ୍କୁ କହିଲେ।

ଲକ୍ଷ୍ମୀପ୍ରିୟା ଓ ରାସେଶ୍ୱରୀ–ମହାପ୍ରଭୁ! ଜଣେ ପଣ୍ଡିତା କ୍ଷତ୍ରିୟ ମହିଳା ପଞ୍ଚାନନଙ୍କ ଗୃହରେ ଅତିଥି ହୋଇଅଛନ୍ତି।

ମହନ୍ତ–ଭଲ ହେଲା ରାସେଶ୍ୱରୀ! ତର୍କ ପଞ୍ଚାନନଙ୍କ ଗୁଣ କାହାକୁ ଜଣାନାହିଁ? କେତେ ଦିନ ଯାଉ ସବୁ ବିଷୟ ଧରାପଡ଼ିବ। ତେବେ ଆମ୍ଭେ ପ୍ରୟତ୍ନ କରିବା। ଏବେ କାତର ହେବାର ଭଲ ନୁହେଁ!

କଳାବତୀ ଓ ପଞ୍ଚାନନ ପରସ୍ପର ତର୍କଶାସ୍ତ ମୀମାଂସା କଲେ। ମୀମାଂସାରେ କଳାବତୀଙ୍କ ସହିତ ପଞ୍ଚାନନ ସମକକ୍ଷ ହୋଇପାରିଲେ ନାହିଁ ତଥାପି ବହୁ ଆଦର ସହିତ ତାହାଙ୍କୁ ଅତିଥି ସତ୍କାର କଲେ। କଳାବତୀ ସୁବିଦ୍ୱାନ୍, ସଂସ୍କୃତ–ହିନ୍ଦୁ ମତାବଲମ୍ବୀ କୌଣସି କ୍ଷତ୍ରିୟ ପୁରୁଷଙ୍କ ସହିତ ବିବାହ ହେବେ ବୋଲି ପଞ୍ଚାନନ ଅବଗତ ହେଲେ; ଏବଂ କେତେ ଦୂର ପର୍ଯ୍ୟନ୍ତ କଳାବତୀଙ୍କ ଅନୁଯାତ୍ରୀ ହେବାକୁ ସଙ୍କଳ୍ପ କଲେ। କଳାବତୀ ପୁରୀରେ ଅନେକ ଦିନ ଅବସ୍ଥାନ କରିବା ଯୋଗୁଁ ତାହାଙ୍କର ମନରେ ଗୋଟିଏ ଅପୂର୍ବ ଭାବ ଉଦୟ ହେଲା। ହିନ୍ଦୁମାନଙ୍କରେ ଜାତିପ୍ରଭେଦ ପ୍ରଥା ଥିଲେ ମଧ୍ୟ ଭୋଜନରେ ଜାତି ପ୍ରଭେଦ ନାହିଁ। ଲୋକମାନଙ୍କୁ ଭୁଲାଇବା ନିମନ୍ତେ ମହାପ୍ରସାଦ ଛଳରେ ଜାତି ପ୍ରଭେଦ ନ ରଖି ଅନ୍ୟତ୍ର ସମସ୍ତେ ଏକତ୍ର ଭୋଜନ କରିବା ନିଷେଧ ବୋଲି କହନ୍ତି। ଏହା କେବଳ ଭ୍ରମ ମାତ୍ର। ପୃଥିବୀର ଅନ୍ୟାନ୍ୟ କ୍ଷେତ୍ରମାନଙ୍କରେ ମଧ୍ୟ ଏହିପରି ସମସ୍ତ ଜାତି ଏକତ୍ର ଭୋଜନ କଲାପରି ବୋଧ ହେଉଅଛି। ଭୋଜନ କଲେ ଜାତିଭ୍ରଷ୍ଟ ହୁଏ ନାହିଁ କିନ୍ତୁ ଅସଭ୍ୟ ଜଗତରେ ଜାତି ପ୍ରଭେଦ ନ ରଖ୍ୟୁ ଖିଆ–ପିଆ କରିବା କେବଳ ଅନୁଚିତ।

ଦିନେ ପ୍ରାତଃକାଳରେ ପଞ୍ଜାନନ କଳାବତୀଙ୍କ ହସ୍ତରେ କୌତୁକାର୍ଥେ ଗୋଟିଏ ସ୍ୱର୍ଣ୍ଣମୁଦ୍ରା ଦେଲେ । ସେହି ମୁଦ୍ରାରେ "ବୀର ଶ୍ରୀ ଗଜପତି ଗୌଡ଼େଶ୍ୱର ନବକୋଟି କର୍ଣ୍ଣାଟୋକ୍ରଳ ବର୍ଗେଶ୍ୱରାଧି ରାଜ୍ୟ ଭୂତ ଭୈରବ ଦେବ ସାଧୁ ଶାସନୋକ୍ରର୍ଷ ରାଉତୁରାୟ ଅତୁଲ ବଲ ପରାକ୍ରମ ସଂଗ୍ରାମ ସହସ୍ର ବାହୁ କ୍ଷତ୍ରିୟ କୁଲ ଧୂମକେତୁ" ବୋଲି ଖୋଦିତ ଥିଲା । କଳାବତୀ ଏହା ଦେଖି ପଞ୍ଜାନନଙ୍କୁ ପଚାରିଲେ ।

କଳାବତୀ—କେଉଁ ଗଜପତି ଏପରି ପରାକ୍ରମଶାଳୀ ଥିଲେ ? କେଉଁ ବଂଶଜ ଏବଂ କେଉଁଠାରେ ପ୍ରଭୁତ୍ୱ କରିଥିଲେ ? ତାହାଙ୍କର ବଂଶଧରମାନେ କେଉଁଠାରେ କି କି କୀର୍ତ୍ତି ସ୍ଥାପନ କରିଅଛନ୍ତି ସବାଶେଷରେ କହିବା ହେଉନ୍ତୁ ।

ପଞ୍ଜାନନ—ଯେଉଁ ଚୋଡ଼ଗଙ୍ଗଦେବ ଗଙ୍ଗବଂଶର ଆଦିପୁରୁଷ ଥିଲେ, ସେ କେଶରୀ ବଂଶଜ ସ୍ୱର୍ଣ୍ଣକେଶରୀଙ୍କୁ ରାଜପଦରୁ ଚ୍ୟୁତକରି ଏହି ଓଡ଼ିଶାରେ ରାଜତ୍ୱ କରିଥିଲେ, ସେହି ମହାତ୍ମାଙ୍କ ପ୍ରପୌତ୍ର ଅନଙ୍ଗ ଭୀମଦେବ ଗଜପତି ନାମରେ ଖ୍ୟାତ । ଏହି ଜଗନ୍ନାଥ ଦେଉଳ ଏହି ମହାତ୍ମାଙ୍କ ଦ୍ୱାରା ନିର୍ମିତ ହୋଇଅଛି । ଏହାଙ୍କ ସମୟରେ ଏହି ରାଜ୍ୟ ଉତ୍ତରରେ ହୁଗୁଲି, ଦକ୍ଷିଣରେ ଗୋଦାବରୀ ଓ କର୍ଣ୍ଣାଟ, ପୂର୍ବରେ ସାଗର, ପଶ୍ଚିମରେ କଳାହାଣ୍ଡି ଓ ବସ୍ତର ପର୍ଯ୍ୟନ୍ତ ବିସ୍ତୃତ ଥିଲା । ଯେଉଁ ଲାଙ୍ଗୁଲା ନରସିଂହ ଦେବ କୋଣାର୍କ ଦେଉଳ ନିର୍ମାଣ କରିଅଛନ୍ତି ସେ ଅନଙ୍ଗଭୀମଦେବଙ୍କ ପ୍ରପୌତ୍ର ଅଟନ୍ତି । ଏହି ବଂଶରେ କପିଲେନ୍ଦ୍ରଦେବ ଜନ୍ମଗ୍ରହଣ କରିଥିଲେ । ଏହାଙ୍କର ଉପପତ୍ନୀଙ୍କଠାରୁ ପୁରୁଷୋତ୍ତମ ଦେବ ଓ ଧର୍ମପତ୍ନୀଙ୍କଠାରୁ ଅଷ୍ଟାଦଶ ପୁତ୍ର ଜାତ ହୋଇଥିଲେ । ପୁରୁଷୋତ୍ତମଦେବ ପିତାଙ୍କର ପ୍ରିୟପୁତ୍ର ଥିବାରୁ ରାଜ୍ୟଭାର ଗ୍ରହଣ କଲେ । ଅପର ଅଷ୍ଟାଦଶ ପୁତ୍ରଙ୍କ ବଂଶଧରମାନେ ଆଜି ପର୍ଯ୍ୟନ୍ତ ସମ୍ବଲପୁର ଓ ଗଞ୍ଜାମରେ ବିଦ୍ୟମାନ ଅଛନ୍ତି । ପୁରୁଷୋତ୍ତମଦେବ କାଞ୍ଚି ଜୟ କରିଥିଲେ । ସେ ବୈଷ୍ଣବଧର୍ମାବଲମ୍ବୀ, ସେ ଯାଜପୁରର ବରାହନାଥ ଦେଉଳ ନିର୍ମାଣ କରିଅଛନ୍ତି ଏବଂ ଯାହାଙ୍କ ସମୟରେ ଓଡ଼ିୟା ଭାଷା ଜନ୍ମଗ୍ରହଣ କରିଅଛି, ସେହି ପ୍ରତାପରୁଦ୍ର, ପୁରୁଷୋତ୍ତମଦେବଙ୍କ ପୁତ୍ର ଥିଲେ । ଏହାଙ୍କ ବଂଶଧରମାନେ ଓଡ଼ିଶାରେ ରାଜ୍ୟଶାସନ କରି ଆସୁଅଛନ୍ତି । ଗଞ୍ଜାମ ଅନ୍ତର୍ଗତ ପାରଲା ନଗରରେ ଯେଉଁ ପ୍ରତାପରୁଦ୍ର ନାରାୟଣ ଦେବ ରାଜ୍ୟଶାସନ କରୁଅଛନ୍ତି, ତାହାଙ୍କର ଧର୍ମପତ୍ନୀ ମହେନ୍ଦ୍ରତନୟା ନଦୀତୀରସ୍ଥ ମେଲିୟାପଟୁ ଗ୍ରାମରେ ରାଧାଗୋବିନ୍ଦ ମନ୍ଦିର ନିର୍ମାଣ କରିଅଛନ୍ତି ।

କଳାବତୀ କିଛି ପ୍ରତ୍ୟୁତ୍ତର ନ ଦେଇ ଆରଦିନ ପ୍ରାତଃକାଳରେ ଦକ୍ଷିଣ ଦେଶ ପ୍ରତି ଯାତ୍ରା କଲେ ।

ନବମ ପରିଚ୍ଛେଦ

ବିଧବା ବିବାହର ପର୍ଯ୍ୟାଲୋଚନା

ରେଳପଥରେ ଯାଉଁ ଯାଉଁ ସିଂହାଚଳଠାରେ କଳାବତୀ ଉତ୍ତୀର୍ଣ୍ଣ ହୋଇ ଦେଖିଲେ ଯେ ଗ୍ରାମଟି ଅତି କ୍ଷୁଦ୍ର, ସେଠାରେ କେବଳ ଶ୍ରୀବୈଷ୍ଣବମାନେ ବାସ କରିଅଛନ୍ତି। ତତ୍ରସ୍ଥ ମନୁଷ୍ୟମାନଙ୍କର ସ୍ୱାସ୍ଥ୍ୟ ଅତି ମନ୍ଦ, ପ୍ଲୀହା ରୋଗରେ ଅନବରତ ପୀଡ଼ିତ ଅଛନ୍ତି। ମଇଳା ପଦାର୍ଥମାନ ଇତସ୍ତତଃ ପଡ଼ି ରହିଅଛି। ଏହି ସମସ୍ତ କଷ୍ଟ ସହ୍ୟକରି କଳାବତୀ ନୃସିଂହଙ୍କ ମହାତ୍ମ୍ୟ ବୁଝିବାଲାଗି ଦିନେ ମାତ୍ର ସେଠାରେ ବସତି କଲେ। ନୃସିଂହଙ୍କୁ ଦର୍ଶନ କରିବା ଲାଗି ପ୍ରାୟ ଏକ ସହସ୍ର ପାବଚ୍ଛ ଓ ସପ୍ତସଂଖ୍ୟକ ଜଳଧାର ଅତିକ୍ରମି ଯିବାର ଆବଶ୍ୟକ। କଳାବତୀ ପ୍ରାତଃକାଳରେ ଶୁଚିବନ୍ତ ହୋଇ ନୃସିଂହଙ୍କୁ ଦର୍ଶନ କରିବାକୁ ବାହାରିଲେ। ପର୍ବତ ଆରୋହଣ କରିବାବେଳେ କୌତୁକବଶତଃ ପ୍ରତି ଜଳଧାରରେ ସ୍ନାନ କଲେ। କଳାବତୀ ମନ୍ଦିରର ଶିଳ୍ପ କାର୍ଯ୍ୟ, ପର୍ବତର ମନୋହର ଶୋଭା, ମନେ ମନେ ଭାବି ଚମକ୍ରୁତ ହେଉଅଛନ୍ତି। ଇତ୍ୟବସରରେ ଶ୍ରୀ ନୃସିଂହ ମହାପ୍ରଭୁଙ୍କର ଧୂପ, ଦୀପ, ନୈବେଦ୍ୟ ସମାପନ ହେଲା।

ଦକ୍ଷିଣ ପ୍ରଦେଶରେ ବ୍ରାହ୍ମଣଠାରୁ ଶୂଦ୍ର ପର୍ଯ୍ୟନ୍ତ ଜାତି ବୈଷମ୍ୟ ଦୂରେ ପକାଇ ମନ୍ଦିରରେ ପ୍ରସାଦ ଗ୍ରହଣ କରୁଅଛନ୍ତି; ଏଥିରୁ ସ୍ୱଷ୍ଟ ଅନୁମିତ ହୁଏ ଯେ, ଖିଆ-ପିଆ ବିଷୟରେ ପ୍ରଥମତଃ ଜାତି ପ୍ରଭେଦ ନଥିଲା। ମାତ୍ର କୌଣସି ଗୁରୁତର କାରଣରୁ ସର୍ବତ୍ର ବିନା ଜାତି ପ୍ରଭେଦରେ ଭୋଜନ କରିବାକୁ ସ୍ୱୀକାର ନକରି ନିର୍ଦ୍ଧିଷ୍ଟ କ୍ଷେତ୍ରରେ ଭୋଜନ କରିବାକୁ ଅଙ୍ଗୀକାର କରିଥିଲାପରି ବୋଧ ହେଉଅଛି; ଏବଂ ମତାଭିମାନ ହେତୁ ଏକ ମତାବଲମ୍ୟୀମାନେ ଆପଣା ଆପଣା ଆରାଧ୍ୟ ଦେବତାଙ୍କ ପ୍ରସାଦ ନିର୍ଦ୍ଧିଷ୍ଟ ସ୍ଥାନରେ ଜାତିପ୍ରଭେଦ ପ୍ରଥା ଦୂରେ ରଖି ଭୋଜନ କରିବାକୁ ଅଙ୍ଗୀକାର କରିଥିଲାପରେ ମଧ୍ୟ ବୋଧ ହେଉଅଛି। ଏହି କାରଣରୁ ଓ ଅନ୍ୟାନ୍ୟ କାରଣମାନଙ୍କରୁ ପୂର୍ବେ ଯେଉଁ ହିନ୍ଦୁମାନେ ବିଦ୍ୟା, ଜଳ ଓ ସ୍ଥଳରେ ବାଣିଜ୍ୟ, ଦେଶ ପର୍ଯ୍ୟଟନ ପ୍ରଭୃତି ସମସ୍ତ

ଗୁଣରେ ଅନ୍ୟାନ୍ୟ ଜାତିମାନଙ୍କ ଅପେକ୍ଷା ଉଚ୍ଚତର ସୋପାନ ଅଧିରୋହଣ କରିଥିଲେ, ସେହି ଭାରତୀୟମାନେ ଅଧୁନା ଇଂଗ୍ରେଜ ଶାସନରେ ଉତ୍ତମରୂପେ ପରିପାଳିତ ହେଲେହେଁ ନିଜ କର୍ମଦୋଷରୁ ତେଜ, ବୀର୍ଯ୍ୟ ଓ ଶୌର୍ଯ୍ୟ ହରାଇ ଦୁର୍ଦ୍ଦଶାରେ ପତିତ ହୋଇଅଛନ୍ତି, ମାତ୍ର ଯେଉଁମାନେ ବନ୍ୟ ମୃଗମାନଙ୍କପରି ବନରେ ଇତସ୍ତତଃ ଭ୍ରମଣ, ଅପକ୍ୱ ମାଂସ ଭୋଜନ ଓ ବୃକ୍ଷର ବକ୍କଳ ପରିଧାନ କରୁଥିଲେ, କେବଳ ମୃଗୟାରେ କାଳୟାପନ କରୁଥିଲେ, ଅସ୍ତ୍ରଶସ୍ତ୍ର ବ୍ୟବହାର ଜାଣି ନଥିଲେ, ଏବଂ ବୃକ୍ଷ ଓ ପାଷାଣକୁ ଆରାଧ୍ୟ ଦେବତା ମଣୁଥିଲେ, ସେହି ବ୍ରିଟନବାସୀମାନେ ଏବେ ପୃଥିବୀରେ ଉନ୍ନତତମ– ସଭ୍ୟତା–ସୋପାନ ଆରୋହଣ କରି ଭାରତରେ ଏକାଧିପତ୍ୟ ସ୍ଥାପନ କରିଅଛନ୍ତି। କଳାବତୀ ଏହି ସମସ୍ତ କଥା ଅବଗତ କରି ବିମନା ହୋଇ ଦକ୍ଷିଣଯାତ୍ରା କରିବାକୁ ଯାଉ ଯାଉ ଦେଖିଲେ ଯେ ଗୋଦାବରୀ ତୀରବର୍ତ୍ତୀ ରାଜମହେନ୍ଦ୍ରରେ ବାଲ୍ୟ ବିଧବା ନିମନ୍ତେ ଆନ୍ଦୋଳନ ଲାଗିଅଛି। ସେଠାରେ ଅନେକ ବ୍ରାହ୍ମଣ ସମବେତ ହୋଇଅଛନ୍ତି। ଏହାର ମର୍ମ ବୁଝିବା ନିମନ୍ତେ ସେଠାରେ କଳାବତୀ ଉତ୍ତୀର୍ଣ୍ଣ ହେଲେ। ଭୀମାରାଓ ପାନ୍ତୁଲୁ ଜଣେ ନିୟୋଗି ତ୍ରୈଲଙ୍ଗୀ ବ୍ରାହ୍ମଣ, ତାହାଙ୍କର ଶଶୀରେଖା ବୋଲି ଗୋଟିଏ ଦୁହିତା ଥିଲା। ପ୍ରାୟ ପାଞ୍ଚବର୍ଷ ବୟଃକ୍ରମରେ ପ୍ରଥମତଃ ତାହାକୁ ବିବାହ ଦେଇଥିଲେ। ବାଲିକାଟି ନବମ ବର୍ଷରେ ପଦାର୍ପଣ କରିବା ସମୟରେ ବିଧବା ହୋଇଗଲା। ପାନ୍ତୁଲୁ ନବସଂସ୍କାର ବ୍ୟବସ୍ଥାନୁସାରେ ବିଧବା ଦୁହିତାର ପୁନର୍ବ୍ବାହ କରିବାକୁ ସ୍ଥିର କଲେ। ବଲବନ୍ତ ରାଓ ଜଣେ ସାଧ୍ୱୀ ବ୍ରାହ୍ମଣ। ରାଜମହେନ୍ଦ୍ର କଲେଜରେ ବି.ଏ. ଶ୍ରେଣୀରେ ବିଦ୍ୟାଭ୍ୟାସ କରୁଥିଲେ। ଦ୍ରବ୍ୟାଶାରେ ଏହି ବିଧବା ବାଲିକାକୁ ବିବାହ ହେବା ନିମନ୍ତେ ମନ ବଲାଇଥିଲେ। ଏହି ଦୁଇ ଜଣଙ୍କର ବିବାହ ଚଲାଇବା ନିମନ୍ତେ ଶ୍ରୀ ଗଣେଶଲିଙ୍ଗ ପାନ୍ତୁଲୁ ଦୃଢ଼ସଙ୍କଳ୍ପ କରି ଅଗ୍ରସର ହୋଇଥିଲେ। ଏପରି ବିବାହ କାର୍ଯ୍ୟ ଚଲାଇବାର ଅବିଧେୟ ବୋଲି ଶାସନୀୟ ବ୍ରାହ୍ମଣମାନେ ନିଷେଧ କରୁଥିଲେ। ଏମାନଙ୍କ ପ୍ରତି ଦୃଷ୍ଟିପାତ ନ କରି ଶ୍ରୀ ଗଣେଶଲିଙ୍ଗ ପାନ୍ତୁଲୁ ବିବାହ କାର୍ଯ୍ୟ ଚଲାଇଦେଲେ। ଏହି ଅବିଧେୟ କାର୍ଯ୍ୟ ବ୍ରାହ୍ମଣମାନେ ଦେଖି ଦୀର୍ଘନିଶ୍ୱାସ ପରିତ୍ୟାଗପୂର୍ବକ ଅପଣା ଆପଣା ଗ୍ରାମକୁ ପ୍ରଧାବିତ ହେଉଥିଲେ। ଏହି ସମସ୍ତ କାର୍ଯ୍ୟ କଳାବତୀ ଅବଲୋକନ କରି ଦୁଇଦିନ ସେଠାରେ ଅବସ୍ଥାନ କଲେ। ପରଦିନ ସାୟଂକାଳ ପାଞ୍ଚଘଣ୍ଟା ସମୟରେ ରାଜମହେନ୍ଦ୍ର ଟାଉନହଲରେ ଗୋଟିଏ ବୃହତ୍ ଅଧିବେଶନ ହୋଇଥିଲା। ସେହି ସଭାରେ କଳାବତୀ ଉପସ୍ଥିତ ହୋଇଥିଲେ। ବାଲ୍ୟବିବାହ ସମର୍ଥନ କରି ଅନେକ ଲୋକେ ବକ୍ତୃତା ପ୍ରଦାନ କରୁଥିଲେ। କଳାବତୀ ସେହି ସଭାରେ ଦଣ୍ଡାୟମାନା ହୋଇ କହିବାକୁ ଲାଗିଲେ।

କଳାବତୀ–ମହାଶୟବର୍ଗ ! ପ୍ରାଚୀନକାଳରେ ସମସ୍ତ ଜାତିରେ ବିଧବା ବିବାହ ପ୍ରଥା ଥିଲା । କୌଣସି ଅଭାବ ଯୋଗୁଁ ବ୍ରାହ୍ମଣ, କ୍ଷତ୍ରିୟ ଓ ବୈଶ୍ୟ ଜାତିମାନଙ୍କରେ ବିଧବା ବିବାହ ରହିତ ହେଲା । ମାତ୍ର ଶୂଦ୍ରମାନେ ଆଜିଯାଏ ବିଧବା ବିବାହ ଚଳାଇ ଆସୁଅଛନ୍ତି । ପରାଶର ସ୍ମୃତିରେ ।

"ନଷ୍ଟେମୃତେ ପ୍ରବ୍ରଜିତେ କ୍ଲୀବେ ଚ ପତିତେ ପତୌ
ପଞ୍ଚସ୍ୱାପସୁ ନାରୀଣାଂ ପତିରନ୍ୟୋ ବିଧୀୟତେ ।"

ଏହିପରି ଲେଖା ଅଛି ସତ୍ୟ କିନ୍ତୁ ଅଧୁନା ଏ ବିଧିଟି କାର୍ଯ୍ୟରେ ପରିଣତ ହୋଇନାହିଁ । ବିଧବା ବାଲିକାମାନଙ୍କୁ ଫେରି ବିବାହ କରିବାର ବିଶେଷତଃ ଦୋଷ ନୁହେ । ମାତ୍ର କ୍ରମଶଃ ବିଧବା ଯୁବତୀମାନେ ପୁନର୍ବିବାହ ହେବାକୁ ମାନସ ବଳାଇବେ । ଦେଖ ମନୁଷ୍ୟମାନେ ଶୈଶବାବସ୍ଥାରୁ ପ୍ରୌଢ଼ାବସ୍ଥାକୁ ଯେପରି ପ୍ରାପ୍ତ ହୁଅନ୍ତି, ଶାସନକର୍ତ୍ତାମାନଙ୍କର ଆଇନମାନ କ୍ରମଶଃ ଯେପରି ସୁଲଭରୁ କଠିଣ ଅବସ୍ଥାକୁ ଯାଏ, ମତୋଦ୍ଧାରକମାନଙ୍କର ଆଦେଶମାନ କ୍ରମଶଃ ସେପରି ମତସ୍ଥ ଲୋକମାନଙ୍କର ଉତ୍ସାହ ଭଗ୍ନ କରନ୍ତି, ତଦ୍ବତ୍ ଏହି ବିଧବା ବାଲିକାମାନଙ୍କର ବିବାହ ବ୍ରାହ୍ମଣ ସମାଜକୁ କାଳେ କଳଙ୍କିତ କରିବ । ଏହି ଅଭାବ ମୋଚନାର୍ଥେ ଗୋଟିଏ କାର୍ଯ୍ୟ ଅଛି । ଆପଣମାନେ ତାହା ଭଲରୂପେ ଶ୍ରବଣ କରି ଇଚ୍ଛାହେଲେ ପାଳନ କରନ୍ତୁ ବା ନକରନ୍ତୁ, ତାହା ଏହି–ବାଲ୍ୟାବସ୍ଥାରେ ବାଲିକାମାନଙ୍କୁ ବିବାହ ନ ଦେଇ କ୍ଷତ୍ରିୟ ଯୁବତୀମାନଙ୍କପର ଯୌବନାବସ୍ଥା ପ୍ରାପ୍ତହେଲେ ଏମାନଙ୍କୁ ବିବାହ ଦେଲେ କାର୍ଯ୍ୟ ସୁଶୃଙ୍ଖଳା ରୂପେ ଚଳିପାରିବ ବୋଲି ବିଶ୍ୱାସ କରେ । ପ୍ରାଚୀନ କାଳରେ ମଧ୍ୟ ଚାରି ଜାତିରେ ଯୁବତୀମାନଙ୍କୁ ବିବାହ କରିଥିଲାପରି ମନୁ ସ୍ମୃତିରେ ଲେଖାଅଛି । ତଦନୁସାରେ କ୍ଷତ୍ରିୟମାନେ ଆଜି ପର୍ଯ୍ୟନ୍ତ ଚଳୁଅଛନ୍ତି । ଜାତିପ୍ରଭେଦରେ ବ୍ରାହ୍ମଣମାନେ ପ୍ରଥମ ସୋପାନରେ ଏବଂ କ୍ଷତ୍ରିୟମାନେ ଦ୍ବିତୀୟ ସୋପାନରେ ଅବସ୍ଥାନ କରିଅଛନ୍ତି । ବିଶେଷତଃ ବ୍ରାହ୍ମଣ ଓ କ୍ଷତ୍ରିୟମାନଙ୍କୁ ଘନିଷ୍ଟ ସମ୍ବନ୍ଧ ଅଛି । ବ୍ରାହ୍ମଣମାନଙ୍କର ଗୌରବ ସମ୍ମାନ ଓ ମର୍ଯ୍ୟାଦା କ୍ଷତ୍ରିୟମାନଙ୍କଠାରେ ନିର୍ଭର କରିଅଛି । ଆଜିପର୍ଯ୍ୟନ୍ତ କ୍ଷତ୍ରିୟମାନଙ୍କରେ ବିଧବା ବିବାହ ପ୍ରଥାର ବିନ୍ଦୁବିସର୍ଗ ନାହିଁ । ବିଧବା ବିବାହ କରିବାକୁ ମଧ୍ୟ ଆଜିପର୍ଯ୍ୟନ୍ତ କ୍ଷତ୍ରିୟମାନେ ମନ ବଳାଇ ନାହାନ୍ତି । ବ୍ରାହ୍ମଣମାନେ ବିବାହ ବିଷୟରେ କ୍ଷତ୍ରିୟମାନଙ୍କ ପ୍ରଥା ଅବଲମ୍ବନ କଲେ । ରଜସ୍ୱଳା ଦୋଷରେ ଲିପ୍ତ ହେବେ । ଏହା ଗୁରୁତର ଦୋଷ ନୁହେଁ । ଯଦି ଏହା ଗୁରୁତର ଦୋଷ ବୋଲି ଆପଣମାନେ ବିଚାର କରିବେ, ତେବେ ଆପଣମାନେ ଅଧୁନା ଚଳାଇବର୍ ବିଧବା ବିବାହ ଗୁରୁତମ ଦୋଷ ପଡ଼ିବ । ଏହିକାର୍ଯ୍ୟ ପରିତ୍ୟାଗ କଲେ ବାଲ୍ୟ ବିଧବାମାନେ ସାଂସାରିକ ସୁଖରୁ ବଞ୍ଚିତ ହେବେ । ଅତଏବ

ପରିଶେଷରେ ଆମ୍ଭର ନିବେଦନ ଏହି ଯେ, ବିବାହ ବିଷୟରେ କ୍ଷତ୍ରିୟମାନଙ୍କ ପ୍ରଥା ଅବଲମ୍ୟନ କଲେ ଆପଣମାନଙ୍କର କିଛିହିଁ ଅନିଷ୍ଟ ହେବନାହିଁ। ଏହି କାର୍ଯ୍ୟ କରିବାକୁ ବ୍ରାହ୍ମଣ ସମସ୍ତେ ଐକ୍ୟ ହେବା ବିଧେୟ। ଏଥିଦ୍ୱାରା ଆପଣା ଜାତିର ଗୌରବ ଲାଘବ ହେବନାହିଁ। ବର୍ତ୍ତମାନ ଅନ୍ୟ ତିନିଜାତି ଦ୍ୱାରା ଯେପରି ବ୍ରାହ୍ମଣମାନେ ସମ୍ମାନିତ ପରେ ମଧ୍ୟ ସେପରି ସମ୍ମାନିତ ହେବେ। ବିଧବାମାନଙ୍କ ସଂଖ୍ୟା ବ୍ରାହ୍ମଣ ଜାତିରେ ବିରଳ ଲକ୍ଷିତ ହେବ।

କଳାବତୀଙ୍କର ସୁମିଷ୍ଟ ବାକ୍ୟ ଶ୍ରବଣ କରି ସମସ୍ତେ ସାତିଶୟ ସନ୍ତୁଷ୍ଟ ହେଲେ। ସଭାସଦ୍‌ଗଣରେ କଳାବତୀ ପ୍ରଶଂସିତା ହୋଇ ନିଜ ଆବାସକୁ ପ୍ରସ୍ଥାନ କଲେ।

ଦଶମ ପରିଚ୍ଛେଦ

ଜାତୀୟ ସମିତି

ଆଉଦିନ ପ୍ରାତଃକାଳରେ କଳାବତୀ ଷ୍ଟୀମରରେ ଗୋଦାବରୀ ନଦୀ ପାରହୋଇ ରେଲପଥଦେଇ ମାନ୍ଦ୍ରାଜ ନଗରକୁ ଯିବାକୁ ସ୍ଥିର କଲେ। ରେଲପଥ ଦେଇ ଯାଉଁ ଯାଉଁ କାମ୍ପ୍ପୁଠାରେ ରେଲା ପର୍ବତ ଭେଦ କରି ଟନଲମାନଙ୍କରେ ଯିବାର ଅବଲୋକନ କରି ସାତିଶୟ ଚମତ୍କାର ହୋଇ ମନେ ମନେ ବିଚାର କଲେ। ଧନ୍ୟ ମାନବ ଶକ୍ତି! ଯେଉଁ ପ୍ରକୃତ ପଦାର୍ଥ ସ୍ୱଭାବରେ ଅଭେଦ୍ୟ, ସେହ ପଦାର୍ଥମାନଙ୍କୁ କଳକୌଶଳରେ ମନୁଷ୍ୟମାନେ ଭେଦ କରନ୍ତି; ତାହାର ପରିଚୟ ଏଠାରେ ପ୍ରାପ୍ତ ହୋଇଛି ତତ୍ପରେ ନଦିଆଲଠାରେ ପ୍ରବିଷ୍ଟ ହେଲେ। ସେଦିନ ସେଠାରେ ରହି ଗ୍ରାମରେ ବୁଲି ଦେଖିଲେ ଯେ, ପ୍ରତି ଗୃହ ପ୍ରସ୍ତରରେ ଆଚ୍ଛାଦିତ। ସେଠାରେ ସାଧାରଣ ମନୁଷ୍ୟମାନଙ୍କର ବେଶଭୂଷା ଦେଖିବାକୁ ଅସହ୍ୟ। ଏହି ଦେଶୀୟ ଆଦିମ ନିବାସୀମାନେ ବିଶେଷତଃ ଅଶିକ୍ଷିତ। ଏମାନଙ୍କର ଅବନତ ଅବସ୍ଥା ଦେଖି କଳାବତୀ ଅତି ଦୁଃଖିତ ହେଲେ। ପରେ ସାୟଂ ସମୟରେ ରେଲ୍ ଚଢ଼ି ଆରଦିନ ପ୍ରାତଃକାଲରେ ମାନ୍ଦ୍ରାଜରେ ଉପସ୍ଥିତ ହେଲେ। ରେଲଷ୍ଟେସନଠାରେ ନାର୍ଟନ ସାହେବ, ଗୌରୀବର ନାୟର, ଶ୍ରୀ ନନ୍ଦାଚାରୀ, ଶ୍ରୀ ବିଶ୍ୱପତିପିଲ୍ଲେ ପ୍ରଭୃତି ମାନ୍ଦ୍ରାଜର ଭଦ୍ରବ୍ୟକ୍ତିମାନେ କାର୍ଯ୍ୟବଶତଃ ପରିଭ୍ରମଣ କରୁଥିଲେ। ସେହି ସମୟରେ ମାନ୍ଦ୍ରାଜ ରାଜଧାନୀର ନାନାଦିଗ୍ ଦେଶରୁ ଭାରତ ଜାତୀୟ ମହାସମିତିରେ ଡେଲିଗେଟ୍ ସ୍ୱରୂପ ଅନେକ ଭାରତୀୟ ଭଦ୍ର ସନ୍ତାନମାନେ ସେଠାରେ ପ୍ରବିଷ୍ଟ ହେଲେ। ସେମାନଙ୍କୁ ଆଦରସହ ନେବା ଲାଗି ଗୌରୀବର ନାୟର ପ୍ରଭୃତି କାଙ୍ଗ୍ରେସ୍ ସଭ୍ୟମାନେ ଅଗ୍ରସର ହୁଅନ୍ତେ ହଠାତ୍ କଳାବତୀ ସେମାନଙ୍କ ଦୃଷ୍ଟିପଥରେ ପଡ଼ିଲେ। କଳାବତୀଙ୍କ ଅଲୌକିକ ରୂପ ସନ୍ଦର୍ଶନ କରି ତାହାଙ୍କ ସହିତ ଏମାନେ କଥୋପକଥନ କରିବାକୁ ଆରମ୍ଭ କଲେ। ଏହି ସମୟରେ ଶ୍ରୀ ଘନସୁନ୍ଦର ରାୟଗୁରୁ ସହିତ ଶ୍ରୀ କମଳନାଭ ନାରାୟଣ ଦେବ ସେଠାରେ ପ୍ରବେଶ ହେଲେ। ଗୌରୀବର

ନାୟର ଏହି ରାଜପୁତ୍ରଙ୍କ ସହିତ ମିଷ୍ଟାଳାପ କରି ଏହାଙ୍କ ନିର୍ଦ୍ଦିଷ୍ଟ ବଙ୍ଗଳାରେ ଏହାଙ୍କୁ ଛାଡ଼ିଦେବାଲାଗି ବିଶ୍ୱପତି ପିଲ୍ଲେଙ୍କୁ ରାଜା ମହୋଦୟଙ୍କ ସହିତ ଯିବାକୁ ଆଦେଶ ପ୍ରଦାନ କରନ୍ତେ ରାଜକୁମାର ଏହି ଅପୂର୍ବ ମହିଳାର ବୃତ୍ତାନ୍ତ ଶ୍ରବଣ କରିବାକୁ କିଞ୍ଚିତ୍ କାଳ ସେଠାରେ ଅପେକ୍ଷା କଲେ। ଏଣେ କଳାବତୀଙ୍କ ସହଚରୀ ଇନ୍ଦୁମତୀକୁ ଶ୍ରୀ ଘନସୁନ୍ଦର ରାୟଗୁରୁ ପ୍ରସ୍ତାବବଶତଃ ପଚାରିଲେ।

ରାୟଗୁରୁ–ଦେବୀ ! ଅପଣଙ୍କ ନାମ କଣ ?

ଇନ୍ଦୁ–ମହାଶୟ ! ମୋ ନାମ ଇନ୍ଦୁମତୀ।

ରାୟଗୁରୁ–(କଳାବତୀ ପ୍ରତି ଅଙ୍ଗୁଳି ଦେଖାଇ)

ଏହି ଅବନୀ ଅତୁଳନୀୟା ସୁନ୍ଦରୀର ନାମ ଆପଣ ଜାଣିଥିଲେ ଦୟାପୂର୍ବକ କହିବା ହେଉ !

ଇନ୍ଦୁ–ଏହାଙ୍କ ନାମ କଳାବତୀ। ଏ ଦେଶ ପର୍ଯ୍ୟଟନ କରିବାଲାଗି ବାହାରି ଅଛନ୍ତି। ମୁଁ ଏହାଙ୍କର ସହଚରୀ ଅଟେ। କଳାବତୀ ନାମ ଶ୍ରବଣ କଲା ମାତ୍ରେ ରାୟଗୁରୁ ମନେ ମନେ ବିଚାର କଲେ।– "ଏହି ପରମସୁନ୍ଦରୀ ଇଂରାଜୀ ଓ ସଂସ୍କୃତ ବିଦ୍ୟାରେ ପାରଦର୍ଶିତା ଲାଭ କରି ଉପଯୁକ୍ତ ପାତ୍ରରେ ବିବାହ ହେବାକୁ ଦେଶ ପର୍ଯ୍ୟଟନ କରୁଅଛନ୍ତି। ଏହା ମୁଁ ଦୈନିକ ଓ ସାପ୍ତାହିକ ସମ୍ବାଦପତ୍ରମାନଙ୍କରୁ ଅବଗତ ଅଛି। ଏ ଯଦି ସେହି କଳାବତୀ ଅଟନ୍ତି ଏହାଙ୍କଠାରୁ ପଦେ ଅଧେ ଶୁଣି ଚରିତାର୍ଥ ହୁଅନ୍ତି"।

ଇତୀମଧ୍ୟରେ ଶ୍ରୀ ନନ୍ଦାଚାରୀ ରାୟଗୁରୁଙ୍କ ନିକଟକୁ ଯାଇ କହିଲେ।

ନନ୍ଦାଚାରୀ– ଆପଣ ବସାକୁ ନଯାଇ ଏତେ ଡେରି କିପାଁ କଲ ? ରାଜକୁମାରଙ୍କ ସହିତ ଶୀଘ୍ର ବସାକୁ ଯାଆନ୍ତୁ।

ଏହି ମହାତ୍ମାଙ୍କ କଥା ଶୁଣି ରାୟଗୁରୁ ରାଜକୁମାରଙ୍କୁ କହିଲେ।

ରାୟଗୁରୁ–ଏଥର ବସାକୁ ଗଲେ ଭଲହୁଅନ୍ତା।

ରାଜା କଳାବତୀ ପ୍ରତି ମନୋନିବିଷ୍ଟ କରି ଚାହିଁ ରହିଥିଲେ ଯେ, ରାୟଗୁରୁଙ୍କ କଥାରେ କର୍ଣ୍ଣପାତ କଲେନାହିଁ। ରାୟଗୁରୁ ରାଜାମହୋଦୟଙ୍କ ମନ ବୁଝି ପୁନଃ ପୁନଃ କହିବାକୁ ମନ ବଳାଇଲେ ନାହିଁ। କଳାବତୀଙ୍କ ନାମ ଧାମ ସମସ୍ତ ବୁଝି ଶ୍ରୀ ଗୌରୀବର ନାୟର ତାହାଙ୍କୁ ସଭା ମଣ୍ଡପର ସମାପରେ ରହିବାକୁ ପ୍ରାର୍ଥନା କଲେ। କଳାବତୀ ତାହାଙ୍କ ପ୍ରାର୍ଥନାରେ ସମ୍ମତି ପ୍ରଦାନ କରି ନିଜ ସଖୀ ଇନ୍ଦୁମତୀଙ୍କସହ ଗାଡ଼ିରେ ବସାକୁ ଗମନ କଲେ ଏଣେ କମଳନାଭ ଦେବ, ରାୟଗୁରୁ ଓ ଶ୍ରୀ ବିଶ୍ୱେଶ୍ୱର ପିଲ୍ଲେ ଗୋଟିଏ ଗାଡ଼ିରେ ବସି ପୁରୁଷବାଗ୍ ଆଡ଼େ ଗମନ କଲେ। ରାଜକୁମାର ବସାରେ ଉପସ୍ଥିତ ହୁଅନ୍ତେ ପ୍ରସଙ୍ଗବଶତଃ ରାୟଗୁରୁଙ୍କୁ ପଚାରିଲେ।

ରାଜା–ଆପଣ କଳାବତୀଙ୍କୁ ଜାଣନ୍ତି ?

ରାୟଗୁରୁ–କଳାବତୀ ନାମ୍ନୀ ଜଣେ ପରମସୁନ୍ଦରୀ ବାଳା ସଂସ୍କୃତ ଓ ଇଂରାଜି ଭାଷାରେ ପାରଦର୍ଶିତା ଲାଭକରି ଉପଯୁକ୍ତ ପାତ୍ରରେ ବିବାହ ଦେବାଲାଗି ଦେଶ ପର୍ଯ୍ୟଟନ କରୁଅଛନ୍ତି । ଏହା ସମ୍ବାଦ ପତ୍ରିକାରୁ ଅବଗତ ଅଛୁଁ । ଏହି ଏକା ସେହି ପରମସୁନ୍ଦରୀ ବୋଲି ଭାବନା କରୁଁ ।

୧୮୯୪ ସାଲ ଡିସେମ୍ବର ମାସର ତା ୨୭ ରିଖରେ ମହାଜାତୀୟ ସମିତିର ଅଧିବେଶନ । ଉକ୍ତ ସଭାରେ ଅଧିପତି ଆଲଫ୍ରେଡ୍ ଓୟେ ସେହିଦିନ ଘ ୧୧ ଵ୍ସ ସମୟରେ ସଭାରମ୍ଭ ହେଲା । ସେ ସ୍ଥାନରେ ଅଙ୍ଗ, ବଙ୍ଗ, କଳିଙ୍ଗ, ମଦ୍ର, ମାଲବ, କର୍ଣ୍ଣାଟ, ଚୋଲ, ପାଣ୍ଡ୍ୟ ପ୍ରଭୃତି ଦେଶମାନଙ୍କର ଭଦ୍ରବ୍ୟକ୍ତିମାନେ ଉପସ୍ଥିତ ଥିଲେ । ଇତୀମଧ୍ୟରେ ସଭାପତି ବକ୍ତୃତା ପ୍ରଦାନ କଲେ । ତାହା ଅତି ସରଳ ଓ ମନୋହର ହୋଇଥିଲା । ଶେଷରେ ସଭା ବନ୍ଦହେଲା । ପରଦିବସ ସଭାରମ୍ଭ ହେଲା, ସଭାପତି ମହୀଶୂର ମହାରାଜାଙ୍କ ମରଣ ସମ୍ବାଦ ଅଶ୍ରୁପୂର୍ଣ୍ଣ ନୟନରେ ପାଠ କରିବାରୁ ସଭାସଦ୍‌ଗଣ ଅତ୍ୟନ୍ତ ଦୁଃଖିତ ହେଲେ । ପରେ ତାହାଙ୍କ ମରଣ ଉପଲକ୍ଷ୍ୟରେ ସଭା ବନ୍ଦହେଲା । ସଭାରମ୍ଭ କାଲରେ ଭାରତ ଓ ଇଂଲଣ୍ଡରେ ଏକ ସମୟରେ କିଲଟର ପରୀକ୍ଷା ଧାର୍ଯ୍ୟହେବା ଲାଗି ବାବୁ ଅମରେନ୍ଦ୍ର ନାଥ ଗୋଟିଏ ପ୍ରକାଣ୍ଡ ବକ୍ତୃତା ପ୍ରଦାନ କଲେ । ଏ ଜଣେ ଭାରତାଭିମାନୀ ! ଏହାଙ୍କର ବକ୍ତୃତା ପରେ ସଭ୍ୟବୃନ୍ଦ ସରଳଭାବରେ ଧନ୍ୟବାଦ ଦେଲେ । ନାର୍ଟନ ସାହେବ ଯେତେବେଲେ ବକ୍ତୃତା ଦେବାକୁ ମଞ୍ଚ ଉପରେ ଦଣ୍ଡାୟମାନ ହେଲେ, ଲୋକେ ତାହାଙ୍କୁ ଦେଖି ଆନନ୍ଦସାଗରରେ ଭାସମାନ । ଇତୀମଧରେ ମିସ୍ ମୁଲର ନାମ୍ନୀ ଜଣେ ମହିଲା ମଞ୍ଚ ଉପରେ ଥାଇ କହିଲେ ।

ମିସ୍ ମୁଲର–ଏହି ସାହେବ ପରସ୍ତ୍ରୀର ମାନଭଙ୍ଗ କାର୍ଯ୍ୟ କରିଅଛନ୍ତି । ଏହା ଲୋକ ବିଦିତ । ଏହିପରି ବ୍ୟକ୍ତି ଏଠାରେ ସ୍ଥାନପାଇବା ଯୋଗ୍ୟ ନୁହେ ।

ମାତ୍ର ଲୋକେ ମିସ୍ ମୁଲରଙ୍କ କଥାରେ କର୍ଣ୍ଣପାତ ନକରି ନାର୍ଟନଙ୍କୁ ବକ୍ତୃତା ପ୍ରଦାନ କରିବାକୁ ଉସ୍ସାହ ପ୍ରଦାନ କଲେ । ଲୋକଙ୍କର ରୁଚି ଜାଣି ସଭାପତ ମଧ୍ୟ ନାର୍ଟନଙ୍କୁ ସଭାରେ କହିବାକୁ ଆଦେଶ ଦେଲେ । ସେହି ସମୟରେ ମିସ୍ ମୁଲର ଦୁର୍ଗାଚରଣ ବାନାର୍ଜି ଆଉ କେତେ ଭଦ୍ରବ୍ୟକ୍ତିମାନେ ସଭାରୁ ବାହାରି ଗଲେ । ଏହି ସକଲ ସମାଚାର ଇନ୍ଦୁମତୀ ରାୟଗୁରୁଙ୍କୁ ପଚାରନ୍ତେ ସେ ସମସ୍ତ ତାହାଙ୍କୁ ବୁଝାଇ ଦେଉଥିଲେ !

ଏକାଦଶ ପରିଚ୍ଛେଦ

ଶିକ୍ଷିତା ରମଣୀର ଅପୂର୍ବ ଜିଜ୍ଞାସା

ସେଦିନ ସଭା ବନ୍ଦହେଲା ବାଦ, ରାୟଗୁରୁ ଓ ଇନ୍ଦୁମତୀ ଗୋଟିଏ ଗାଡ଼ିରେ ବସି କଥୋପକଥନପୂର୍ବକ ସାୟଂସମୀରଣ ସେବନ କରିବା ନିମନ୍ତେ ସମୁଦ୍ର ତୀରକୁ ଯାଉଅଛନ୍ତି; ଇତୀମଧ୍ୟରେ ଶଶିକଳା ନାମ୍ନୀ ଜଣେ ଶିକ୍ଷିତା ମହିଲା ଇନ୍ଦୁମତୀ ପ୍ରତି ଏକାଗ୍ର ନୟନରେ ଚାହିଁ ସେ ଦୁହିଁଙ୍କ ଗାଡ଼ି ପଛରେ ଆପଣା ଗାଡ଼ିକୁ ଫେରାଇ ଚଲାଇଲେ। କେତେ ଦୂର ଗଲାବାଦ ସମୁଦ୍ର ତୀରରେ ଏକାନ୍ତ ସ୍ଥାନରେ ରାୟଗୁରୁ ଗାଡ଼ି ରଖି ଇନ୍ଦୁମତୀଙ୍କ ସହିତ ତଳକୁ ଓହ୍ଲାଇଲେ। ଅଳ୍ପକାଳ ଏଣେ ତେଣେ ଭ୍ରମଣ କରି ସେହି ସ୍ଥାନରେ ଥିବା ଗୋଟିଏ ସୋପାନରେ ଦୁହେଁ ବସି ମାତୃଭାଷାରେ କଥୋପକଥନ କରିବାର ଶଶିକଳା ଦୂରରୁ ଶୁଣି ମନେ ମନେ ବିଚାର କଲେ।

ଶଶି–ଏହି ଭାଷା ଓଡ଼ିଆ ଭାଷାପରି ଶୁଭୁଅଛି। ଶୁଭୁଥାଏ ଭାରତୀୟମାନଙ୍କରେ ଓଡ଼ିଆମାନେ ଧନ, ବିଦ୍ୟା ଓ ସଭ୍ୟତାରେ ନିକୃଷ୍ଟ। ଏ ଦୁହିଙ୍କଠାରେ ଓଡ଼ିଆମାନଙ୍କ ଚିହ୍ନ କିଞ୍ଚିତ୍‍ ଲକ୍ଷିତ ହେଉନାହିଁ। ଏମାନେ ଇଂଲଣ୍ଡର ସଭ୍ୟଶ୍ରେଣୀଭୁକ୍ତ ବ୍ୟକ୍ତିମାନଙ୍କପରି ଆଚରଣ କରନ୍ତି। ଯାହାହେଉ ଏମାନଙ୍କର ନାମ ଧାମ ପଚାରିବି।

ଏହା ସ୍ଥିର କରି ସେମାନଙ୍କ ନିକଟକୁ ଶଶିକଳା ଗମନ କଲେ। ଶଶିକଳାଙ୍କୁ ରାୟଗୁରୁ ଦେଖି ପଚାରିଲେ।

ରାୟ–(What brought you here, Madam ?) ଆପଣ କି ହେତୁରୁ ଏଠାକୁ ଆସିଲ ?

ଶଶି–(Gentleman, come to introduce myself to you and your Miss)

ମହାଶୟ, ତୁମ୍ଭକୁ ଏବଂ ତୁମ୍ଭ ସ୍ତ୍ରୀଙ୍କୁ ପରିଚୟ ଦେବାଲାଗି ଏଠାକୁ ଆସିଅଛି।

ରାୟ–(She is not my wife replied Rajaguru with laughter.)

ହସି ହସି କହିଲେ 'ଏ ମହିଲା ଆମ୍ଭର ସ୍ତ୍ରୀ ସୁହନ୍ତି'।

ଶଶିକଳା ତାହାଙ୍କ ନାମ ଧାମ ହିନ୍ଦୀ ଭାଷରେ ପଚାରିବାରୁ ଇନ୍ଦୁମତୀ କହିଲେ।

ଇନ୍ଦୁମତୀ—ଆମ୍ଭର ନାମ ଇନ୍ଦୁମତୀ, ଜନସ୍ଥାନ ନାଗପୁର ଅନ୍ତର୍ଗତ ରାୟପୁର ଜିଲ୍ଲା ଅଟେ।

ପରେ ଶଶିକଳା ରାୟଗୁରୁଙ୍କ ନାମ ଧାମ ମଧ୍ୟ ଅବଗତ କରି ସେ ଦୁହିଁଙ୍କଠାରୁ ବିଦାୟ ଗ୍ରହଣ କଲେ। ଶଶିକଳା ବାଟରେ ଯାଉଁ ଯାଉଁ ଜଣେ ଇଉରୋପିୟାନ୍ ସିପାଇ ତାହାଙ୍କୁ ଆକ୍ରମଣ କରିବାକୁ ଉଦ୍ୟତ ହେଲା। ଇତ୍ୟବସରରେ ବାରିଷ୍ଟର ମେକଲ ସାହେବଙ୍କ ଗାଡ଼ି ହଠାତ୍ ସେଠାରେ ପହଞ୍ଚିଲା। ସିପାଇ ବାରିଷ୍ଟରଙ୍କୁ ଦେଖି ଦୂର ହୋଇଗଲା। ବାରିଷ୍ଟର ଶଶିକଳାଙ୍କୁ ଦେଖି ପଚାରିଲେ।

ବାରିଷ୍ଟର—ତୁମ୍ଭେ କାହିଁକି ଏଡ଼େ କ୍ଲାନ୍ତ ହୋଇଅଛ ?

ଶଶୀ—ଆପଣ ଯଦି ହଠାତ୍ ଏଠାରେ ପହଞ୍ଚି ନଥାନ୍ତେ ମୋର ମାନ ମହତ୍ତ୍ୱ ଏ ସିପାଇ ହେତୁରୁ ଯାଇଥାନ୍ତା।

ଶଶିକଳାଙ୍କ ମୁଖରୁ ଏହ ବାଣୀ ଶୁଣି ବାରିଷ୍ଟର ମନେ ମନେ ଅତି ଦୁଃଖିତ ହେଲେ। ସେଠାରୁ ଶଶିକଳା ସ୍ୱଗୃହକୁ ଗମନ କରୁଥିଲେ। ପ୍ରସଙ୍ଗବଶତଃ ଇନ୍ଦୁମତୀ ରାୟଗୁରୁଙ୍କୁ ପଚାରିଲେ।

ଇନ୍ଦୁମତୀ—ଉତ୍କଳ ରାଜାମାନଙ୍କ ବିଷୟରେ ଆପଣଙ୍କଠାରୁ କିଛି ଶୁଣିବାକୁ ଇଚ୍ଛା କରୁଁ। ଜାଣିବା ପର୍ଯ୍ୟନ୍ତ ଦୟାପୂର୍ବ୍ବକ କରିବା ହେଉନ୍ତୁ।

ରାୟଗୁରୁ—ପ୍ରବାଲପୁରର ଅଧୀଶ୍ୱର ଶ୍ରୀ ଶିବପ୍ରତାପ ନାରାୟଣଦେବ ଅଚନ୍ତି। ଏ ମହାତ୍ମାଙ୍କର ଚାରିଗୋଟି ପୁତ୍ର ଓ ଦୁଇଗୋଟି ଦୁହିତା। ଏହାଙ୍କର ଦ୍ୱିତୀୟ ଓ ତୃତୀୟ ପୁତ୍ର ମାନବଲୀଳା ସମ୍ବରଣ କରିଅଛନ୍ତି। ପ୍ରଥମ ପୁତ୍ରଙ୍କ ନାମ ଶ୍ରୀ ତାରାନାଥ ଗୌରାଙ୍ଗ ଗଜପତି ନାରାୟଣଦେବ; ଏହାଙ୍କର ବୟସ ପ୍ରାୟ ତେତିଶି ବର୍ଷ ହେବ। ଏହି ରାଜ୍ୟ ଅନେକ ଦିନ କୋର୍ଟଅଫ୍ ଓ୍ୱାର୍ଡ଼ସ୍ଙ୍କ ଦ୍ୱାରା ପରିପାଲିତ ହେଉଥିଲା। ସଂପ୍ରତି ପିତାଙ୍କ ଆଦେଶାନୁସାରେ ଏ ମହାତ୍ମାଙ୍କୁ ଉକ୍ତ ରାଜ୍ୟ କୋର୍ଟଅଫ୍ ଓ୍ୱାର୍ଡ଼ସ୍ ପ୍ରଦାନ କରିଅଛନ୍ତି। ଏ ରାଜପୁତ୍ର ପାଶ୍ଚାତ୍ୟ ଶିକ୍ଷା ଲାଭ କରିଅଛନ୍ତି। ଏ ଅତି ସୁନ୍ଦର, ସବଲକାୟ, ଚତୁର ଓ ମୃଗୟାପ୍ରିୟ ଅଟନ୍ତି। ଏହାଙ୍କର ଶିକ୍ଷକ ଜଣେ ଇଂରାଜ ବ୍ୟକ୍ତି। ଏବେ ଏହି ବ୍ୟକ୍ତି ରାଜାଙ୍କ ଏଜଣ୍ଟରୂପେ ନିଯୁକ୍ତ ଅଛନ୍ତି। ରାଜା ମହାଶୟ ପ୍ରଥମେ ଜୟପୁର ରାଜା ଜାନକୀନାଥ ଦେବଙ୍କ ଭ୍ରାତୃଷ୍ଟତୀଙ୍କୁ ବିବାହ ହୋଇଥିଲେ। ଅଳ୍ପକାଳ ପରେ ସେ ସ୍ୱର୍ଗାରୋହଣ କଲେ। ଦ୍ୱିତୀୟରେ ଜଣେ ସାମନ୍ତଙ୍କ ଦୁହିତାଙ୍କୁ ବିବାହ ହୋଇଅଛନ୍ତି। ଏହାଙ୍କର କନିଷ୍ଠ ଭାଇ ଶ୍ରୀ କମଳନାଭ ନାରାୟଣ ଦେବ ଅଟନ୍ତି। ଏ ମହାତ୍ମା ଇଂରାଜି

ବିଦ୍ୟାରେ ନିପୁଣ, ଚତୁର, ବୁଦ୍ଧିମାନ୍, ଦେଶହିତକର କାର୍ଯ୍ୟରେ ସର୍ବଦା ତତ୍ପର। ଏହି ରାଜପୁତ୍ର ତୁମ୍ଭ କଳାବତୀଙ୍କ ସହିତ ଭ୍ରମଣ କରୁଅଛନ୍ତି। ଏ ଆଜିଯାଏ ବିବାହ କରିନାହାନ୍ତି। ଏହାଙ୍କ ଜନନୀ ଏ ପୁତ୍ର ନିମନ୍ତେ ଉପଯୁକ୍ତ କନ୍ୟା ଅନ୍ବେଷଣ କରୁଅଛନ୍ତି।

ମହେନ୍ଦ୍ର ରାଜ୍ୟର ଅଧୀଶ୍ବର ଶ୍ରୀ ରାଜମଣିଦେବ ଥିଲେ। ସେ କିଛିଦିନ ହେଲା ମାନବଲୀଳା ସମ୍ବରଣ କରିଅଛନ୍ତି। ତାହାଙ୍କର ପୁତ୍ର ରାଜଶାସନ-ଦଣ୍ଡ ପରିଚାଳନ କରନ୍ତି। ଏ ରାଜପୁତ୍ର ସଂସ୍କୃତ ଭଲରୂପେ ପଢ଼ିଅଛନ୍ତି। ଚତୁର ଓ ବୁଦ୍ଧିମାନ୍ ଅଟନ୍ତି।

ପାର୍ବତୀୟ ପ୍ରଦେଶର ନରପତି ସୀତାନାଥ ଛୋଟରାୟ। ଏ ମହାତ୍ମା ଇଂରାଜୀ ବିଦ୍ୟା ଭଲରୂପେ ପଢ଼ିଅଛନ୍ତି। ଏହାଙ୍କୁ ବୁଦ୍ଧିମାନ୍ ମଣି ପ୍ରବାଲପୁରର ମହାରାଜ ଆପଣାର କନିଷ୍ଠ ଦୁହିତାଙ୍କୁ ଏହାଙ୍କ ସହିତ ବିବାହ କରାଇ ଅଛନ୍ତି। ଦୁର୍ଦ୍ଦୈବବଶତଃ ଏ ରାଜକୁମାର ସର୍ବସ୍ବ ହରାଇ ଅତି କଷ୍ଟରେ କାଳ କାଟୁଅଛନ୍ତି।

ଅଜ୍ଞାନ ରାଜ୍ୟର ରାଜା ବାର୍ଦ୍ଧକ୍ୟ ଅବସ୍ଥାରେ ଉପନୀତ ହୋଇଅଛନ୍ତି। ଏ ବ୍ୟକ୍ତି ଅତ୍ୟନ୍ତ କୃପଣ ଅଟନ୍ତି; ଏହାଙ୍କର କୁଟୁମ୍ବ ଅତି ବିଶାଳ। ଏ କୁଟୁମ୍ବର ପ୍ରତ୍ୟେକଙ୍କୁ ଏକ ଏକ ଗ୍ରାମ ପ୍ରଦାନ କରିଅଛନ୍ତି। ତଦ୍ବାରା ସେମାନେ ଜୀବିକା ନିର୍ବାହ କରନ୍ତି।

ଏହି ରାଜ୍ୟର ନିକଟରେ ପ୍ରଜ୍ଞାନ କଟକ ଅଛି। ପ୍ରଜ୍ଞାନ ରାଜ୍ୟର ଅଧୀଶ୍ବର ରାଜେନ୍ଦ୍ର ଦେବ, ଏହାଙ୍କର ଅଉ ତିନିଗୋଟି ଭାଇ ଅଛି। ତୃତୀୟ ଭାଇଙ୍କ ଉପାଧି ନାମ ଥାଟରାଜ; ଏହି ମହାତ୍ମା ରାଜ୍ୟ ପାଳନ କରନ୍ତି ବୋଲି ଜନରବ ଅଛି। ଏହି ବ୍ୟକ୍ତି ସାଧାରଣତଃ ବୁଦ୍ଧିମାନ୍। କନିଷ୍ଠ ଭାଇଙ୍କ ନାମ ଜଗନ୍ନାଥଦେବ, ଏ ବ୍ୟକ୍ତି ଓଡ଼ିଆ ଭାଷାରେ କିଛି ପରିଶ୍ରମ କରିଅଛନ୍ତି। ରାଜେନ୍ଦ୍ର ଦେବ ପ୍ରଜ୍ଞାନ ରାଜ୍ୟର ରାଜାହେବାଯୋଗୁ ପ୍ରବାଲପୁର ମହାରାଜ ତାହାଙ୍କ ଜ୍ୟେଷ୍ଠ-ଦୁହିତାଙ୍କ ପାଣିଗ୍ରହଣ କରାଇଅଛନ୍ତି। ରାଜେନ୍ଦ୍ର ଦେବଙ୍କ ପିତା ବିଦ୍ବାନ୍ ଓ ବୁଦ୍ଧିମାନ୍ ଥିଲେ। ସେ ଚିକ୍ତିଟି ରାମଲୀଳା ନାମକ ଗ୍ରନ୍ଥ ରଚନା କରିଅଛନ୍ତି। ଏହି ମହାତ୍ମା ମଧ୍ୟ ପ୍ରବାଲପୁର ମହାରାଜ ଶ୍ରୀ ଶିବପ୍ରତାପ ଗଜପତି ନାରାୟଣ ଦେବଙ୍କ ଭଗିନୀଙ୍କ ସହିତ ବିବାହ କରିଥିଲେ।

ଏହା ରାଜ୍ୟର ନିକଟରେ ଗୁରୁପୁର ରାଜ୍ୟ। ଏହାର ଅଧୀଶ୍ବର ଶ୍ରୀପତି ଦେବ। ଏହି ମହାତ୍ମା ସର୍ବଦା ଈଶ୍ବର ଭକ୍ତିରେ ତତ୍ପର, ଭଜନ-ସ୍ମରଣରେ କାଳଯାପନ କରନ୍ତି। ସମୟ ସମୟରେ ରାଜ୍ୟଶାସନ କରନ୍ତି। ପ୍ରଜାବତ୍ସଳ ଓ ଧାର୍ମିକ ଅଟନ୍ତି। ଏହାଙ୍କର ତିନିଜଣ ପୁତ୍ର। ଜ୍ୟେଷ୍ଠ ପୁତ୍ରଙ୍କୁ ପୁରୀ ରାଜାଙ୍କୁ ଦଉ କରିଥିଲେ। ସେ ପୁରୀ ସିଂହାସନରେ କେତେକାଳ ଉପବିଷ୍ଟ ହୋଇ ରାଜ୍ୟଶାସନ କରିଥିଲେ। କ୍ରୋଧର ପରବଶୀ ହୋଇ ବୃଥାରେ ଜଣେ ସନ୍ନ୍ୟାସୀକୁ ପ୍ରାଣବଧ କରିବାରୁ କାରାଗୃହ ପ୍ରାପ୍ତ ହୋଇଅଛନ୍ତି। ଦ୍ବିତୀୟ ପୁତ୍ର ରାଜକିଶୋର ଦେବ। ଲଘୁପୁର ରାଜା ନିମନ୍ତ୍ରିତ ହେବାରୁ ଏହି ରାଜକିଶୋର

ଦେବଙ୍କୁ ଦଉତା କରିଥିଲେ। ରାଜକିଶୋର ଦେବ ଅନେକ ଦିନ ଇଂରାଜି ବିଦ୍ୟା ଶିକ୍ଷା କଲେ। ମାତ୍ର ତାହାଙ୍କର କିଛି ବିଦ୍ୟା ହେଲାନାହିଁ। ଏହି ମହାତ୍ମା ଦେଶହିତକର କାର୍ଯ୍ୟରେ ଗୋଟିଏ ପଇସା ହେଲେ ବ୍ୟସ୍ତ କଲାପରି ଦିଶୁନାହିଁ। ତୃତୀୟ ପୁତ୍ରଙ୍କ ନାମ ଶ୍ରୀ ଦୟାମୟ ଦେବ। ଏ ନାବାଳକ ଅଟନ୍ତି। ଏହାଙ୍କର ବିଦ୍ୟା ଓ ବୁଦ୍ଧି ଭଲରୂପେ ପ୍ରସ୍ଫୁଟିତ ହୋଇନାହିଁ। କାଲେ ଏ ମହାତ୍ମାଙ୍କର ବିଷୟ ଜଣାଯିବ।

ଶେଷଗଡ଼ ରାଜ୍ୟର ରାଜା ରାଜେନ୍ଦ୍ର ଦେବଙ୍କ ଦ୍ବିତୀୟ ଭାଇ ଅଟନ୍ତି। ଏ ମହାତ୍ମା ଇଂରାଜି ବିଦ୍ୟାରେ ଭଲରୂପେ ପରିଶ୍ରମ କରିଥିଲେ। ଯେତେବେଲେ ରାଜ୍ୟଭାର ଗ୍ରହଣ କଲେ, ପ୍ରଜାପୀଡ଼କ ହୋଇ ରାଜ୍ୟ ଶାସନ କଲେ। ଅନେକ ଧନ ସଂଚୟ କରିଥିଲେ ମାତ୍ର ସ୍ବଭାବ ବଡ଼ ନିଷ୍ଠୁର ଥିଲା ବୋଲି ଜନରବ ଅଛି।

ସାରଥିପୁର, ରଙ୍ଗମହାଲ, ବୀରଭୂମି ଓ କ୍ଷୀରପୁର ପ୍ରଭୃତି ରାଜ୍ୟମାନେ ଅତି କ୍ଷୁଦ୍ର। ଅତଏବ ଏମାନଙ୍କ ବିଷୟରେ ତୁମ୍ଭଠାରେ ଜଣାଇବାକୁ ଆମ୍ଭେ ଲଜ୍ଜିତ।

ଶ୍ରୀହରିଶଙ୍କର ମର୍ଦ୍ଧରାଜ ଖୁଲ୍ଲାଦ୍ରି ଓ କୁଲାଚଲ ଦୁର୍ଗର ଅଧୀଶ୍ବର ଅଟନ୍ତି। ଏହି ମହାତ୍ମା ଇଂରାଜି ବିଦ୍ୟା ଭଲରୂପେ ଶିକ୍ଷାଲାଭ କରିଅଛନ୍ତି। ଉତ୍କଲପ୍ରିୟ, ପ୍ରଜାବତ୍ସଲ ଦେଶ ପର୍ଯ୍ୟଟନ କରି ସଭ୍ୟ ମଣ୍ଡଲୀରେ ପରିଚୟ ଦେଇଅଛନ୍ତି। ବିବେକଚନ୍ଦ୍ର ମହାପାତ୍ର ହସ୍ତରେ ରାଜ୍ୟଶାସନ ଚାଲନ କରାଯାଉଥିବା ଯୋଗୁଁ ଲୋକେ ଏହାଙ୍କୁ ନିନ୍ଦା କରୁଥିଲେ; କିନ୍ତୁ ରାଜାବାହାଦୁର ଲୋକନିନ୍ଦା ସହ୍ୟ କରି ନପାରି ବିବେକଚନ୍ଦ୍ର ମହାପାତ୍ରଙ୍କୁ ଉକ୍ତ କାର୍ଯ୍ୟରୁ ତଡ଼ିଦେଲେ ଏବଂ ରାଜ୍ୟଭାର ଜଣେ ଇଂରାଜ ବ୍ୟକ୍ତିଙ୍କ ହସ୍ତରେ ଅର୍ପଣ କଲେ। କେତେ କାଲ ପରେ ଏହାଙ୍କୁ ତଡ଼ିଦେଇ ଆଉ ଜଣେ ଇଂରାଜ ବ୍ୟକ୍ତିଙ୍କ ହସ୍ତରେ ରାଜ୍ୟଭାର ଅର୍ପଣ କଲେ। ଏଥିରୁ ପ୍ରତୀତ ହୁଏ ଯେ, ଏ ମହାତ୍ମା ସ୍ବତନ୍ତ୍ର କାହାରି ବଶ ନୁହନ୍ତି। ରାଜା ବାହାଦୁର ଅସାଧାରଣ ବ୍ୟୟ କରିବା ଯୋଗୁଁ କାଲେ ରଣଗ୍ରସ୍ତ ହେବା ସମ୍ଭାବନା। ଏହି ମହାତ୍ମା ନୀଲକଣ୍ଠଭଞ୍ଜ ରାଜାଙ୍କ ଭଗିନୀଙ୍କ ପାଣିଗ୍ରହଣ କରି ଅଛନ୍ତି।

ଇନ୍ଦୁମତୀ–ରାୟଗୁରୁ! ଏହି ଉତ୍କଲ ରାଜପୁତ୍ରମାନଙ୍କର କଥା ଆପଣଙ୍କଠାରୁ ଶୁଣି ଚରିତାର୍ଥ ହେଲି। ଦେଖ! ଜଣେ ମହାର୍ଘପରିଚ୍ଛଦଧାରୀ ରାଜପୁତ୍ର ଆମ୍ଭ ଆଡ଼େ ଆସୁଅଛନ୍ତି। ପ୍ରତୀତ ହୁଏ ଏ ଜଣେ ଓଡ଼ିଆ ରାଜା। ଏହାଙ୍କ ବିଷୟରେ ଆପଣ କିଛି ଜାଣନ୍ତି ?

ରାୟଗୁରୁ–ଇନ୍ଦୁମତୀ! ଏ ଧରଣୀକୂଟ ରାଜାଙ୍କ ଦଉକ ପୁତ୍ର, ଏହାଙ୍କ ନାମ କାମମୋହନ ସିଂହ। ଏ ନାବାଳକ ଅଟନ୍ତି। ଆଜକୁ ପ୍ରାୟ ଚାରି ବର୍ଷ ହେଲା ଏହି ସ୍ଥାନରେ ରହି ବିଦ୍ୟାଭ୍ୟାସ କରୁଅଛନ୍ତି। ଏହାଙ୍କ ବୟସ ପ୍ରାୟ କୋଡ଼ିଏ ବର୍ଷ ହେବ।

ଦ୍ୱାଦଶ ପରିଚ୍ଛେଦ

ଶେଷ ଧର୍ମର ପରିଚୟ

ବାଟରେ ଶ୍ୱେତାଙ୍ଗୀ ସନ୍ନ୍ୟାସିନୀଙ୍କୁ ଶଶିକଳା ଦେଖି କହିଲେ, "ଆପଣ ଏକାକିନୀ ଏହି ସମୁଦ୍ର ଉପକୂଳ ଆଡ଼େ ସାୟଂକାଳ ସମୟରେ କାହିଁକି ଯାଉ ଅଛନ୍ତି ? ସିପାଇମାନେ ଆପଣଙ୍କୁ ବାଟରେ ଆକ୍ରମଣ କରିବେ"। ଏହା ଶୁଣି ଭକ୍ତିମତୀ ତତ୍‍କ୍ଷଣାତ୍‍ ଗାଡ଼ି ଫେରାଇ ଶଶିକଳାଙ୍କ ସହିତ କଥୋପକଥନ କରି ବସାକୁ ବାହାରିଗଲେ।

ଏଣେ କଳାବତୀ ଓ ଶ୍ରୀ କମଳନାଭ ନାରାୟଣ ଦେବ ସାୟଂକାଳ ସମୟରେ ଏଣେତେଣେ କିଞ୍ଚିତ୍‍ କାଳ ଭ୍ରମଣକରି କଳାବତୀଙ୍କ ବସାରେ ଦୁହେଁ ଉପସ୍ଥିତ ହେବା ସମୟରେ ବାବା, ବାହାଦୁରଜୀ, ଗୁରୁଚରଣ ବାନାର୍ଜି ଓ ଅମରେନ୍ଦ୍ର ନାଥ କଳାବତୀଙ୍କୁ ଅପେକ୍ଷା କରି ତାହାଙ୍କ ବସାରେ ଜଗିଅଛନ୍ତି। ଇତ୍ୟବସରରେ ରାୟଗୁରୁ ଓ ଇନ୍ଦୁମତୀ ସେଠାରେ ପ୍ରବେଶ ହେଲେ। ସମସ୍ତେ ଏକତ୍ର ହୋଇ 'ସୀମାନ୍ତ ଯୁଦ୍ଧ ବିଷୟରେ ଦାୟୀ ଇଂଲଣ୍ଡ କି ଭାରତ' ଏହାଘେନି ତର୍କ ବିତର୍କ କରିବାକୁ ଆରମ୍ଭ କଲେ। କେତେକାଳ ଏପରି ବାଦାନୁବାଦ କରି ପରେ କଳାବତୀଙ୍କ ଅଭିମତ ପଚାରିବାରୁ ସେ କହିଲେ।

କଳାବତୀ–ଆମ୍ଭେମାନେ ଶ୍ରୀମତୀ ଭିକ୍ଟୋରିୟାଙ୍କର ପ୍ରଜାବର୍ଗ ଅଟୁଁ। ତାହାଙ୍କ ବିପଦ ସମୟରେ ଆମ୍ଭମାନଙ୍କର ପ୍ରାଣପଣରେ ତାହାଙ୍କ ସାହାଯ୍ୟ ଦାନ କରିବା ଉଚିତ। ଅତଏବ ସୀମାନ୍ତ ଯୁଦ୍ଧ ବିଷୟରେ ଇଂଲଣ୍ଡ ଓ ଭାରତ ଦୁହେଁ ସମାନରୂପେ ଦାୟୀ ଅଟନ୍ତି। ଏଥୁ ବିଷୟରେ ଯେତେ ଦ୍ରବ୍ୟ ଲାଗିବ ଇଂଲଣ୍ଡ ଓ ଭାରତ ସମଭାଗରେ ଦେବାକୁ ହେବ।

ଏହି ସାରୋକ୍ତି କଳାବତୀଙ୍କ ମୁଖରୁ ଶୁଣି ସମସ୍ତେ ସନ୍ତୁଷ୍ଟ ହେଲେ, ପରେ ନିଜ ନିଜ ଗୃହକୁ ବାହାରି ଗଲେ। ରାୟଗୁରୁ ଓ ଶ୍ରୀ କମଳନାଭ ନାରାୟଣଦେବ ପଥରେ ଯାଉ ଯାଉ କମଳନାଭ ନାରାୟଣଦେବ ରାୟଗୁରୁଙ୍କୁ ପଚାରିଲେ

କମଳନାଭ–ଆପଣ ଏତେ କାଲ୍ୟାଏ ଇନ୍ଦୁମତୀଙ୍କ ସହିତ ଭ୍ରମଣକରି ପଥରେ କି ବିଷୟ ଘେନି କଥୋପକଥନ କରୁଥିଲେ ?

ରାୟଗୁରୁ–ଆମ୍ଭେ ଦୁହେଁ ସମୁଦ୍ର ଉପକୂଳକୁ ଯାଇଥିଲୁଁ । ସେ ଉକ୍କଳ ରାଜାମାନଙ୍କର ପରିଚୟ ଜିଜ୍ଞାସା କଲେ । ମୋତେ ଜଣାଥିଲାପରି ସେମାନଙ୍କ ବିଷୟରେ ମୁଁ ତାହାଙ୍କୁ କହିଲି । ମୋଠାରୁ ସେମାନଙ୍କର କଥା ଶ୍ରବଣ କରି ଆପଣଙ୍କ ଗୁଣକୁ ସେ ଭୂରି ଭୂରି ପ୍ରଶଂସା କଲେ । ତାହାଙ୍କ କଥାରୁ ମୁଁ ଜାଣିପାରିଲି ଯେ, କଳାବତୀଙ୍କୁ ଉପଯୁକ୍ତ ପାତ୍ରରେ ବିବାହ କରାଇବେ ।

କମଳନାଭ ନାରାୟଣଦେବ ଏହା ଶ୍ରବଣ କରି ମନେ ମନେ ଚିନ୍ତାକଲେ ଭାଗ୍ୟଥିଲେ ଏତାଦୃଶ ଯୁବତୀରତ୍ନର ପାଣିଗ୍ରହଣ ଲାଭ ହେବ ।

ପରଦିନ ପ୍ରାତଃକାଲ ଘ ୭ଷ୍ଠା ସମୟରେ ଭିକ୍ଟୋରିଆ ହଲ୍‍ରେ ଗୋଟିଏଁ ବୃହତ୍ ଅଧିବେଶନ ହୋଇଥିଲା । ସେଠାରେ କଳାବତୀ ଓ ଇନ୍ଦମତୀ ଦୁହେଁ ଉପସ୍ଥିତ ଥିଲେ । ଉକ୍ତ ଅଧିବେଶନରେ ଭକ୍ତିମତୀ ନାମ୍ନୀ ଜଣେ ଇଂରାଜୀ ମହିଳା ଯୋଗଶାସ୍ତ୍ରରେ ଭାରତୀୟମାନଙ୍କ ଦୂରଦର୍ଶିତା ଓ ଶ୍ରେଷ୍ଠତା ବୁଝାଇ ଉପସଂହାରରେ ଏହିପରି କହିଲେ । "ଭାରତୀୟମାନେ ଈଶ୍ୱରଙ୍କୁ ଜାଣିବା ନିମନ୍ତେ ଯେତେଦୂର ପରିଶ୍ରମ କରି ଅଛନ୍ତି ଆଉ କୌଣସି ଜାତୀୟ ଲୋକେ ତେତେଦୂର ପରିଶ୍ରମ କରି ନାହାନ୍ତି । ଏହା କି ସଭ୍ୟତାର ପରିଚୟ ଦେଉଅଛି ନା, ଯେଉଁମାନେ ମଦ୍ୟପାୟୀ, ପରଦାରାପହରଣରେ ସର୍ବଦା ରତ, ପରଧନ ଲୁଣ୍ଠନରେ ଅଗ୍ରସର ହୁଅନ୍ତି, ଏବଂ ପରକୁ ପୀଡ଼ାଦେବାରେ କେତେମାତ୍ର କୁଣ୍ଠିତ ହୁଅନ୍ତି ନାହିଁ, ସେମାନେ ସଭ୍ୟ ? ଏହି କଥା ଭଲରୂପେ ବିଚାର କରନ୍ତୁ । ଆଜିକାଲି ଐଶିକ ଚିନ୍ତାଶାଳୀ ବ୍ୟକ୍ତିମାନେ ସଭ୍ୟ ସୃଷ୍ଟିରେ ଗଣନା କରିଯାଆନ୍ତି ନାହିଁ । ମାତ୍ର ଯେଉଁମାନେ ଈଶ୍ୱର ଚିନ୍ତାରୁ ବଞ୍ଚିତ ଓ ସର୍ବଦା ମାଦକଦ୍ରବ୍ୟ ସେବନରେ ରତ ସେମାନେ ସଭ୍ୟ ସୃଷ୍ଟିର ଉଚ୍ଚ ସୋପାନରେ ଅଧିରୋହଣ କରୁଅଛନ୍ତି । ଧନ୍ୟ କାଲର ମହିମା" ! ପରେ ସଭା ବନ୍ଦ ହେଲା । ସେହିଦିନ କଳାବତୀ ମାଦ୍ରାଜର ଭଦ୍ରମଣ୍ଡଳୀରେ ପରିଚୟ ଦେଇ ତାହାଙ୍କର ବସା ନିକଟସ୍ଥ ବୋମ୍ବେ ଏବଂ ବଙ୍ଗ ହତାରୁ ଆଗତ ଭଦ୍ରଲୋକଙ୍କ ସହିତ ମିଷ୍ଟାଲାପରେ ଦିନର ଶେଷଭାଗ ଯାପନ କଲେ । ପରଦିନ ପ୍ରାତଃକାଲରେ କଳାବତୀ ସହଚରୀଙ୍କ ସହିତ ରାମେଶ୍ୱର ଦର୍ଶନ କରିବାଲାଗି ମାଦ୍ରାଜ ପରିତ୍ୟାଗ କଲେ । ଯେତେବେଲେ ପୁଣ୍ୟକ୍ଷେତ୍ରରେ ପ୍ରବେଶ ହେଲେ, ଦେଖିଲେ ଯେ, ଭାରତର ନାନାପ୍ରଦେଶରୁ ଯାତ୍ରୀମାନେ ରାମେଶ୍ୱରଙ୍କୁ ଦର୍ଶନ କରିବାକୁ ଆସିଅଛନ୍ତି । ତହିଁରୁ କେତେକ ହରିଦ୍ୱାରଥାରୁ ଗଙ୍ଗୋଦରୀ ଆଣି ରାମେଶ୍ୱରଙ୍କୁ ଅଭିଷେକ କରନ୍ତି । କଳାବତୀ ମନେ ମନେ ଭାବନା କଲେ "ଭାରତୀୟମାନଙ୍କର ଈଶ୍ୱରଙ୍କଠାରେ

ପ୍ରଗାଢ଼ ପ୍ରେମ ଓ ଭକ୍ତି । ଏଥିରେ ଅଣୁମାତ୍ର ସନ୍ଦେହ ନାହିଁ" । ଦିନେ ପ୍ରାତଃକାଳରେ ଈଶ୍ୱରଙ୍କୁ ଦର୍ଶନ କରିବାକୁ କଳାବତୀ ଯାଉଁ ଯାଉଁ ବାଟରେ ଜଣେ ସନ୍ନ୍ୟାସୀଙ୍କୁ ଦେଖିଲେ, ସେହି ସନ୍ନ୍ୟାସଃ କୌଣସି ଦିଗ ପ୍ରତି ଦୃଷ୍ଟିପାତ ନକରି ଆପଣା ନାସିକାଗ୍ରରେ ଦୃଷ୍ଟି ରଖି ଈଶ୍ୱର ଚିନ୍ତାରେ ନିମଗ୍ନ । କଳାବତୀ ତାହାକୁ ଦଣ୍ଡ ପ୍ରଣାମ କରି ତାହାଙ୍କର ପାଦଧୂଳି ଭକ୍ତି ସହିତ ନିଜ ମସ୍ତକରେ ଧାରଣ କଲେ । ତତ୍ପରେ ଈଶ୍ୱରଙ୍କୁ ଦର୍ଶନ କରି ବସାକୁ ବାହାରି ଆସିଲେ ।

କଳାବତୀ–ଇନ୍ଦୁମତୀ ! ସଂସାରରେ ଯେଉଁମାନେ ସନ୍ନ୍ୟାସ ଧର୍ମ ଆଚରଣ କରନ୍ତି, ସେମାନେ ପ୍ରକୃତ ସୁଖୀ ଅଟନ୍ତି ।

ଇନ୍ଦୁମତୀ–ସଖୀ ! ମୁଁ ବୁଝିପାରିଲି ନାହିଁ । ଯାହାକୁ ସନ୍ନ୍ୟାସ ଧର୍ମ କହନ୍ତି ? ସେହି ଧର୍ମ ଭଲରୂପେ ବୁଝାଇ ଦିଅନ୍ତୁ ।

କଳାବତୀ–ଇନ୍ଦୁମତୀ ! ଐହିକ ସମସ୍ତ ବିଷୟ ପରିତ୍ୟାଗ କରି ଈଶ୍ୱର ଚିନ୍ତାରେ କାଳ କାଟିବାର ଯେ ତାହାକୁ ସନ୍ନ୍ୟାସ ଧର୍ମ କହନ୍ତି ।

ଇନ୍ଦୁମତୀ–ଏଥର ବୁଝିଲି । ଯେଉଁମାନେ ଐହିକ ସୁଖର ବିନ୍ଦୁ ବିସର୍ଗ ଅନୁଭବ କରିନାହାନ୍ତି ସେମାନେ କ'ଣ ପରିତ୍ୟାଗ କରିବେ ? କିପରି ସନ୍ନ୍ୟାସୀ ବା ସନ୍ନ୍ୟାସିନୀ ହେବେ ?

ଅତଏବ ସ୍ୱଧର୍ମାନୁସାରେ ସଂସାର ସୁଖ ଅନୁଭବ କରି ପରେ ସନ୍ନ୍ୟାସ ଧର୍ମ ଆଚରଣ କରିବା ବିଧେୟ ।

ଇନ୍ଦୁମତୀଙ୍କ ସାରୋକ୍ତି ଶୁଣି କଳାବତୀ ଅତ୍ୟନ୍ତ ସନ୍ତୁଷ୍ଟା ହୋଇ ରାମେଶ୍ୱର ପରିତ୍ୟାଗପୂର୍ବକ ବୋମ୍ବେ ନଗର ଯିବାକୁ ମନ ବଳାଇଥିଲେ ।

ତ୍ରୟୋଦଶ ପରିଚ୍ଛେଦ

ବୋୟେର ଆଧୁନିକ ଅବସ୍ଥା

କଳାବତୀ କାର୍ଯ୍ୟବଶତଃ କେତେକାଳ ସେଠାରେ ଥାଇ ପରେ ରେଳପଥ ଦେଇ ବୋୟେ ନଗର ଯିବାବେଳେ ତାହାଙ୍କ ମନ ଦୁଃଖ ସାଗରରେ ନିମଗ୍ନ ଥିଲା। କାହାରି ସହ ବିଶେଷତଃ କଥୋପକଥନ କରନ୍ତି ନାହିଁ, କୌଣସି ଗୋଟିଏ ପାଠ୍ୟ ପୁସ୍ତକ ଧରି ତହିଁରେ କେତେ କାଳ ଯାପନ କରନ୍ତି; ଆଉ କେତେବେଳେ ଅଶ୍ରୁଗଳିତ ନୟନରେ କୌଣସି ଦିଗ ପ୍ରତି ଦୃଷ୍ଟିପାତ ନ କରି ତଳକୁ ଚାହିଁ ବସିଥାନ୍ତି; ଆଉ କେତେବେଳେ ବାହ୍ୟଜ୍ଞାନ ହରାଇ ବାଳୀଶପରି ଏଣେ ତେଣେ ଚାହିଁ ସହଚରୀଙ୍କ ନାମ ଧରି ଡାକୁଥାନ୍ତି। ଇତ୍ୟବସରରେ ଡାକ୍ତର ବାହାଦୁରଜୀ ବାରିଷ୍ଟର ଗାଡଗିଲଙ୍କୁ ଅଙ୍ଗୁଳି ଦେଖାଇ ପଚାରିଲେ।

"ଡାକ୍ତର ଏହି ପରମସୁନ୍ଦରୀ କିଏ ଆପଣ ଜାଣନ୍ତି ? ସେ କହିଲେ-ମହାଶୟ ! ଏ ଜଣେ ପଣ୍ଡିତା ଅବିବାହିତା ଯୁବତୀ ଦେଶ ପର୍ଯ୍ୟଟନ କରୁଅଛନ୍ତି। ମୁଁ ଏହାଙ୍କୁ ଗତ ଡିସେମ୍ବର ମାସରେ ମାନ୍ଦ୍ରାଜରେ ଦେଖିଥିଲି ! ଆସ ଏହାଙ୍କ ନିକଟରେ ବସି ମିଷ୍ଟାଲାପରେ କାଳଯାପନ କରିବା।

ପରେ ଦୁହେଁ କଳାବତୀଙ୍କ ନିକଟରେ ସ୍ଥାନ ନେଲେ। ମାତ୍ର କଳାବତୀ ଦୁଃଖରେ ଜଡ଼ିଭୂତା ହୋଇଅଛନ୍ତି। ବାହାଦୁରଜୀ କଳାବତୀଙ୍କ ନିକଟରେ ପରିଚୟ ଦେବା ସମୟରେ କଳାବତୀ ବାହ୍ୟଜ୍ଞାନଶୂନ୍ୟ ହୋଇଥିବା ଯୋଗୁଁ ବିହ୍ବଳରେ ବାହାଦୁରଜୀଙ୍କ କରଧରି କ୍ରନ୍ଦନ କରି ପଚାରିଲେ, "ସହଚରୀ ଇନ୍ଦୁମତୀ ! ଏତେକାଳଯାଏ ମୋତେ ପରିତ୍ୟାଗ କରି କେଣେ ଯାଇଥିଲ ? ମୁଁ ଜାଣି ତୁମ୍ବକୁ କୌଣସି ପ୍ରକାର ଅନାଦର କରିନାହିଁ। ମୋଠାରେ ନିର୍ଦ୍ଦୟଭାବ କାହିଁକି" ? ଏପରି ବଚନମାନ କଳାବତୀଙ୍କ ମୁଖରୁ ନିର୍ଗତ ହେବାର ଶୁଣି ବାହାଦୁରଜୀ ଚକିତ ଓ ଭୀତ ହେଲେ। ପରେ ଧୈର୍ଯ୍ୟାବଲମ୍ବନ କରି କହିଲେ

ବାହାଦୁରଜୀ–ମୁଁ ତୁମ୍ଭ ସହଚରୀ ନୁହେଁ। ଡ଼ାକ୍ତର ବାହାଦୁରଜୀ। ଏହା ଶୁଣି କଳାବତୀ ସର୍ତ୍କ ହୋଇ ପଚାରିଲେ।

କଳାବତୀ–ଆପଣ କେଣେ ଯାଇଥିଲ ? (ଅଙ୍ଗୁଲି ଦେଖାଇ) ଏ ଭଦ୍ରବ୍ୟକ୍ତି କିଏ ?

ବାହାଦୁରଜୀ–ଏ ଜଣେ ବାରିଷ୍ଟର। ଏହାଙ୍କ ନାମ ଗାଡ଼ଗିଲ୍। ମୁଁ ପୁନା ଯାଇଥିଲି। ଏବେ ଆମ୍ଭେ ଦୁହେଁ ମିଶି ବୋମ୍ବେ ଯାଉଅଛୁ।

କଳାବତୀ–ମୁଁ ମଧ୍ୟ ତୁମ୍ଭମାନଙ୍କ ସଙ୍ଗେ ସଙ୍ଗୀ ହେବି।

ବାହାଦୁରଜୀ–କଳାବତୀ ! ତୁମ୍ଭ ସହଚରୀ କାହାନ୍ତି ?

କଳାବତୀ–ସେ କଥା କାହିଁକି ପଚାରୁଅଛନ୍ତି ? ଆଉ ଜଳିବା ନିଆଁରେ କୁଟା ପକାନ୍ତୁ ନାହିଁ। ଶ୍ରୀ ରାମେଶ୍ୱରରେ ସେ ମାନବଲୀଳା ସମରଣ କଲେ। ମୁଁ ଏକାକିନୀ ବୋମ୍ବେ ଯିବାକୁ ହେଉଥିଲା। ଭାଗ୍ୟବଶତଃ ଆପଣଙ୍କ ସଙ୍ଗ ପ୍ରାପ୍ତହେଲା।

ଏପରି ସମୟରେ ରେଲଗାଡ଼ି ବୋମ୍ବେ ନଗରରେ ଉପସ୍ଥିତ ହେଲା। ସେହି ନଗରର ଶୋଭା ଦେଖିଲା ମାତ୍ରକେ କଳାବତୀଙ୍କ ହୃଦୟରେ ଏପରି ଅପୂର୍ବ ଭାବ ଉଦୟ ହେଲା ଯେ ଏକାବେଲେକେ ସମସ୍ତ ଦୁଃଖ ତିରୋହିତ ହେଲା।

ଏହି ତିନିଜଣ ଗୋଟିଏ ଗାଡ଼ିରେ ବସି ବାହାଦୁରଜୀଙ୍କ ଗୃହ ପ୍ରତି ଯାଉଅଛନ୍ତି, ବାଟରେ ଯିବା ସମୟରେ କଳାବତୀ ଜଣେ ରାଜପୁତ୍ର ଯୁବକ ପ୍ରତି ଦୃଷ୍ଟିପାତ କରି ତାହାଙ୍କ ମନୋହର ରୂପରେ ମୁଗ୍ଧ ହୋଇ ବାହାଦୁରଜୀଙ୍କୁ ପଚାରିଲେ।

କଳାବତୀ–ଏ ଭଦ୍ରବ୍ୟକ୍ତି କିଏ ? ଆପଣ ଜାଣନ୍ତି ?

ବାହାଦୁରଜୀ–ହଁ, ମୁଁ ଜାଣେ ! ଏ ଜଣେ ରାଜପୁତ୍ର। ଏହାଙ୍କର ଜନ୍ମସ୍ଥାନ ରାଜପୁତାନା। ଏ ମହାତ୍ମା ଇଂଲଣ୍ଡ ଯାଇ ବାରିଷ୍ଟର ପରୀକ୍ଷାରେ ଉଭୀର୍ଣ୍ଣ ହୋଇ ଏଠା ହାଇକୋର୍ଟରେ ଉକିଲ କାର୍ଯ୍ୟ କରୁଅଛନ୍ତି। ଏ ଜଣେ ମହାନ୍ ଧନୀ। ଏହାଙ୍କର କିଏ ନାହିଁ, ଏକାକୀ ଏଠାରେ ବାସ କରନ୍ତି। ଏହାଙ୍କ ନାମ ବଳଭଦ୍ର ସିଂହ।

ପରେ ଏହି ତିନିଜଣ ବାହାଦୁରଜୀଙ୍କ ଗୃହରେ ପ୍ରବେଶ ହେଲେ। ବାହାଦୁରଜୀଙ୍କ ସ୍ତ୍ରୀ ଚିର ପରିଚିତ ଥିଲା ପରି କଳାବତୀଙ୍କୁ ସମାଦର କରି ତାହାଙ୍କ ସହିତ ମିଷ୍ଟାଲାପରେ କାଳଯାପନ କଲେ। ଦିନେ ସାୟଙ୍କାଳ ସମୟରେ ଭ୍ରମଣାର୍ଥେ ବାହାଦୁରଜୀଙ୍କ ସହିତ କଳାବତୀ ଯାଉଅଛନ୍ତି। ଅଶ୍ୱଯାନ ମଲବାର ପାହାଡ଼ରେ ପ୍ରବେଶ ହେଲା। ସେଠାରେ କଳାବତୀ ଉଭୀର୍ଣ୍ଣ ହୋଇ ଏଣେତେଣେ ଭ୍ରମଣ କରି ଗଭଣ୍ଟମେଣ୍ଟ ଅଫିସ, ସିନେଟ ହାଲ୍ ପ୍ରଭୃତି, ସେଠା ଗଭର୍ଣ୍ଣମେଣ୍ଟଙ୍କ ଆବାସର ଶୋଭା ସନ୍ଦର୍ଶନ କରି ଆନନ୍ଦିତ ହେଲେ। ପ୍ରତ୍ୟାଗମନ ସମୟରେ ଶ୍ୱେତଗଲ୍ଲି ଦେଇ ଯାଉଁ ଯାଉଁ କେତେ

ଶ୍ୱେତାଙ୍ଗୀମାନଙ୍କର ଇଙ୍ଗିତ ଓ ହାସ୍ୟ ଦେଖି କଳାବତୀ ଲଜ୍ଜିତ ଏବଂ ଦୁଃଖିତ ହେଲେ; ତତ୍ପରେ ବସାରେ ପହଞ୍ଚିଲେ। ପରଦିନ ପ୍ରାତଃକାଳରେ ବାହାଦୁରଜୀଙ୍କ ଗୃହରେ ବାଚା କଳାବତୀଙ୍କଠାରେ ପରିଚୟ ଦେଲେ। ଦୁହେଁ ମିଶି ନଗର ଭ୍ରମଣ କରିବା ସମୟରେ ଦେଖିଲେ ଯେ, କେଉଁଠାରେ କ୍ରୟ ବିକ୍ରୟ ଧୂମଧାମ ଲାଗିଅଛି, କେଉଁଠାରେ ସ୍ୱର୍ଣ୍ଣ ବଣିକମାନେ ନାନାପ୍ରକାର ଗହଣା ଗଠନ କରୁଅଛନ୍ତି ଏବଂ କେଉଁଠାରେ ମାରବାଡ଼ି ଓ ରାଜପୁତମାନେ ନାନାପ୍ରକାର ପଣ୍ୟଦ୍ରବ୍ୟ ବିକ୍ରୟ କରିବା ଦୋକାନ ମେଲିଅଛନ୍ତି। ବଜାରମାନଙ୍କରେ ଖାଦ୍ୟପୋଯୋଗୀ ସକଳ ପଦାର୍ଥ ବିକ୍ରୀତ ହେଉଅଛି। ଦୂରରେ କଳାବତୀ ଧୂମ-ଜାଲ ଦେଖି ବାଚାଙ୍କୁ ପଚାରିଲେ।

କଳାବତୀ—(ଅଙ୍ଗୁଲି ଦେଖାଇ) ଦେଖିଲେ ଆପଣଙ୍କୁ ଭଲରୂପେ ବୋଧ ହେବ।

ଦୁହେଁ ସେଠାରେ ପହଞ୍ଚିଲେ। ସେଠା ସୂତ୍ର-କର୍ଦ୍ଦନ କଳମାନ ଦେଖି କଳାବତୀ ମନେ ମନେ ଭାବିଲେ।

କଳାବତୀ—ଏଠା ଲୋକମାନେ ଅତି ବୁଦ୍ଧିମାନ୍ ଓ ପରିଶ୍ରମୀ, ସର୍ବଦା ଧନ ଉପାର୍ଜନର ଚେଷ୍ଟା କରନ୍ତି। ଯେଉଁଠାରେ ଦେଖିଲେ ଲୋକେ ସର୍ବଦା କାର୍ଯ୍ୟରେ ରତ। ଅତଏବ ଏହି ନଗର ଲକ୍ଷ୍ମୀର ଆବାସ ସ୍ଥାନ ହୋଇଅଛି। ଦେଖିବାକୁ ଏହି ନଗରରେ ଗୋଟିଏ ଛପରବନ୍ଦି ଗୃହ ନାହିଁ। ଚକ୍ଷୁ ବୁଲାଇ ଦେଖିଲେ ଚାରିଆଡ଼େ ସୌଧାବଳୀ। ଶୁଭ୍ରତା ବିଷୟରେ ଭାରତର ଅନ୍ୟାନ୍ୟ ନଗରମାନଙ୍କ ସହିତ ଏହାକୁ ତୁଳନା କଲେ ସେମାନଙ୍କ ଅପେକ୍ଷା ଏ ଉତ୍କୃଷ୍ଟତର ଅଟେ। ତତ୍ପରେ ବାଚା କଳାବତୀଙ୍କୁ ବାହାଦୁରଜୀଙ୍କ ଗୃହଠାରେ ଛାଡ଼ିଦେଇ ଆପଣା ଗୃହକୁ ଗଲେ।

ଲକ୍ଷ୍ମୀ—ଆଜି ଆପଣଙ୍କର ଏତେ ଦେରି କାହିଁକି ହୋଇଅଛି ?

ବାଚା—କଳାବତୀ ନାମ୍ନୀ ଜଣେ ଭଦ୍ରମହିଳା ଭାରତର କେତେ କେତେ ପ୍ରଦେଶ ପର୍ଯ୍ୟଟନ କରି ଭାଗ୍ୟବଶତଃ ଏଠାରେ ପ୍ରବେଶ ଲାଭ କରିଅଛନ୍ତି। ଏହି ସୁଶୀଳାଙ୍କ ସହିତ ମୁଁ ନଗର ଭ୍ରମଣ କରୁଥିଲି।

ଲକ୍ଷ୍ମୀ—ସେ କେଣେ ଗଲେ ? ତାହାଙ୍କୁ କାହିଁକ ଏଠାକୁ ଆଣିଲ ନାହିଁ ?

ବାଚା—ସେ ସାଧାରଣ ମହିଳା ନୁହନ୍ତି। ସଦ୍‌ଗୁଣଶାଳିନୀ ମହିଳାମାନଙ୍କର ଶିରୋମଣି। ଇଂରାଜି ଓ ସଂସ୍କୃତ ବିଦ୍ୟାରେ ଅସାଧାରଣ ପଣ୍ଡିତା। ସେ ଏବେ ବାହାଦୁରଜୀଙ୍କ ଅତିଥି ହୋଇଅଛନ୍ତି। ଦିନେ ତାହାଙ୍କୁ ପ୍ରାର୍ଥନା କରି ଆମ୍ଭ ଗୃହକୁ ଡାକିଆଣିବା।

ଆଉ ଦିନେ ପ୍ରାତଃକାଳରେ କଳାବତୀ ଗାର୍ଡ଼ଗିଲ୍‌ଙ୍କ ସହିତ ଭିକ୍ଟୋରିଆ ମିଉଜିଅମ୍ ଓ ଗଭର୍ଣ୍ଣମେଣ୍ଟ ଡାକୟାର୍ଡ ଦେଖିବାକୁ ଯାଇଅଛନ୍ତି; ଏଣେ ବଳଭଦ୍ର ସିଂହ

ବାହାଦୁରଜୀଙ୍କ ଗୃହଠାରେ ପ୍ରବେଶ ହୋଇ କଳାବତୀଙ୍କ ବିଷୟର ଦୁହେଁ କଥୋପକଥନ କରୁଅଛନ୍ତି। ଭ୍ରମଣ କରି କରି କଳାବତୀ ଗାଉଗିଲ୍‌ଙ୍କ ସହିତ ଆପଣା ବସାରେ ପ୍ରବେଶ ହେଲେ। କଳାବତୀଙ୍କୁ ଦେଖି ବଳଭଦ୍ର ସିଂହ ଆପଣା ସ୍ଥାନରୁ ଉଠି ସମାଦରପୂର୍ବକ ତାହାଙ୍କୁ ଅନ୍ୟ ଚୌକିରେ ବସାଇ ସେ ଆପଣା ଚୌକିରେ ବସିଲେ। ବିଶେଷ କାଳଯାଏ ଦୁହେଁ ମିଷ୍ଟାଳାପରେ କାଳ କାଟିଲେ। ପରେ ବଳଭଦ୍ର ସିଂହ ବିଦାୟ ଗ୍ରହଣ କଲେ।

ସେଦିନ ରାତ୍ର ଘ ୧୨ ଘଣ୍ଟା ସମୟରେ କଳାବତୀ ଜ୍ୱରରେ ପୀଡ଼ିତ। ବାହାଦୁରଜୀ ଓ ତୁଳସୀବାଇ କଳାବତୀଙ୍କ ଶୁଶ୍ରୁଷାରେ ଲାଗିଅଛନ୍ତି। ଆରଦିନ ପ୍ରାତଃକାଳ ଘ.୭ଣ୍ଟା ସମୟରେ ବଳଭଦ୍ର ସିଂହ ସେଠାକୁ ଗଲେ। କଳାବତୀଙ୍କୁ ଜ୍ୱରରେ ପୀଡ଼ିତ ଥିବାର ଦେଖି ମନେ ମନେ ଅତି ଦୁଃଖିତ ହେଲେ; ଏବଂ ଯଥ୍ରୋନାସ୍ତି ଶ୍ରମସ୍ୱୀକାର କରି ସେ ଜ୍ୱର ରୋଗରୁ ମୁକ୍ତ ହେବା ବିଷୟରେ ଚେଷ୍ଟାକଲେ। ଚାରିଦିନ ପରେ କଳାବତୀ ସ୍ୱାସ୍ଥ୍ୟ ଲାଭ କଲେ। ପ୍ରତ୍ୟହ ଭ୍ରମଣ କରିବା ସମୟରେ କେବେ କେବେ ପ୍ରାତଃକାଳରେ ପ୍ରିନ୍‌ସିସ୍, ଡ଼ାକ୍ ଓ ଅପିଲୋ ବନ୍ଦର ଆଡ଼େ ଭ୍ରମଣ କରନ୍ତି। ସାୟଂକାଳ ସମୟରେ ନଗରର ଦୃଶ୍ୟ ପ୍ରଦେଶମାନଙ୍କ ପ୍ରତି ଭ୍ରମଣ କରନ୍ତି।

ଦିନେ ପ୍ରାତଃକାଳ ଘ ୧୧ଣ୍ଟା ସମୟରେ ବାହାଦୁରଜୀ ଓ କଳାବତୀ ଭୋଜନାଗାରରେ ବସି ଭୋଜନ କରୁଅଛନ୍ତି, ପ୍ରସଙ୍ଗବଶତଃ ବାହାଦୁରଜୀ କଳାବତୀଙ୍କୁ ପଚାରିଲେ।

ବାହାଦୁର–ଆପଣ ଅନେକ ନଗର ଭ୍ରମଣ କରି ଆସିଅଛନ୍ତି। ସଂପ୍ରତି ଏହି ନଗର ଭ୍ରମଣ ନିତ୍ୟ କରୁଅଛନ୍ତି। ଆପଣଙ୍କ ମତରେ ଏ ନଗର କିପରି ଅଟେ ?

କଳାବତୀ–ମୁଁ ଦିଲ୍ଲୀ, କାଶୀ, ଆଗ୍ରା ଓ କଲିକତା ପ୍ରଭୃତି ନଗରମାନ ଭ୍ରମଣ କରିଅଛି, କିନ୍ତୁ ଶୋଭାରେ ଏହି ନଗର ସହିତ କିଏ ସମାନ ହେବନାହିଁ। ବୋମ୍ବେ ଭାରତମାତାଙ୍କର ଚକ୍ଷୁ। ଏପରି କହିଲେ ମଧ୍ୟ ଅତ୍ୟୁକ୍ତି ହେବନାହିଁ। ଜନସଂଖ୍ୟାରେ, ବାଣିଜ୍ୟରେ, ପରିଶ୍ରମରେ, ଉତ୍ସାହରେ ଏବଂ ପରିଶୁଦ୍ଧତାରେ ଏହା ସହିତ ସମାନ ହେବା ଆଉ ଗୋଟିଏ ନଗର ଭାରତରେ ଦେଖିବାକୁ ଦୁର୍ଲଭ। ଭାଗ୍ୟଥିଲେ ଲୋକେ ଏଠାରେ ବାସ କରନ୍ତି।

ବାହାଦୁର–କଳାବତୀ! କାହିଁକି ଚିନ୍ତା କରୁଅଛ ? ଆପଣ ମଧ୍ୟ ସୁଖରେ ଏଠାରେ ଘର କରିବାକୁ ହେବ।

କଳାବତୀ–ଏ ଆପଣଙ୍କ ମନ ଗଢ଼ା କଥା। କିଛି ନଜାଣି କାହିଁକି ଏପରି କହୁ ଅଛନ୍ତି ?

ବାହାଦୁର-ତୁମ୍ଭେ କୋପ କରିବ ବୋଲି ମୁଁ କହୁ ନଥିଲି । ଏବେ ତୁମ୍ଭ ମନ ଜାଣିଲି । ଆପଣ ମନଦେଇ ଶୁଣନ୍ତୁ । ବଳଭଦ୍ରସିଂହ ଆପଣଙ୍କର ପାଣିଗ୍ରହଣ କରିବାକୁ ଚେଷ୍ଟା କରି ଅଛନ୍ତି । ଏହା ବିଷୟରେ ଆପଣଙ୍କ ଅଭିମତ କି ?

କଳାବତୀ-ଆପଣଙ୍କ ଇଚ୍ଛା । ଯେଉଁଦିନୁ ଇନ୍ଦୁମତୀଙ୍କୁ ହରାଇଦେଲି ତଦବଧି ଆପଣଙ୍କୁ ଭ୍ରାତୃ ରୂପେ ମଣିଅଛି ।

ତହିଁ ଉତ୍ତାରୁ କଳାବତୀଙ୍କ ଶ୍ରୀମୁଖ ଦିନକୁ ଦିନ ନବଶଶିକଳାପରି ପରିବର୍ଦ୍ଧିତ ହେଉଥିଲା । ତେଣେ ବଳଭଦ୍ରସିଂହ ବିବାହ ସ୍ଥିର ହେବାର ବାହାଦୁରଜୀଙ୍କଠାରୁ ଶୁଣି କଲ୍ୟାଣ ମଣ୍ଡପ ତୟାର କରାଉଥିଲେ । ଆପଣାର ଗୃହ ଚୂନରେ ସଂସ୍କୃତ ହୋଇ ସଭାଗୃହରେ ଚାନ୍ଦୁଆ ଟଣାହୋଇ ନାନା ବର୍ଣ୍ଣର କାଚରେ ମଣ୍ଡିତ ହୋଇଥିଲା; ଏବଂ ସଭାସ୍ଥଳ ଶରତଞ୍ଜ ଓ ଖରଡ଼ରେ ଆଚ୍ଛାଦିତ । ଚୌକିମାନେ ଏପରି କ୍ରମରେ ରଖା ହୋଇଥିଲା ଯେ, ସେ ସଭାଗୃହକୁ ଦେଖିଲା ମାତ୍ରକେ ଇନ୍ଦ୍ରଭୁବନ ପରି ପ୍ରତୀତ ହେଉଥିଲା । ରାଜପଥରେ ଯିବା ଭଦ୍ରବ୍ୟକ୍ତିମାନେ ବଳଭଦ୍ରସିଂହଙ୍କ ଗୃହପ୍ରତି ଚାହିଁ ମନେ ମନେ ବିଚାର କରନ୍ତି । "ବଳଭଦ୍ର ସିଂହଙ୍କ ଗୃହରେ ଉସ୍ବ ହେବ ପରା ? ଏଣୁ ଗୃହ ସଂସ୍କାର କଲ୍ୟାଣ ମଣ୍ଡପ ତୟାର ଲାଗିଅଛି, କେତେ କେତେ ସଭ୍ୟ ମଣ୍ଡଳୀରେ ଭ୍ରମଣ କରିବା ପାରସୀ ମହିଲାମାନେ ମନେ ମନେ ବିଚାର କରନ୍ତି । ବଳଭଦ୍ରସିଂହ ଆଜିଯାଏ ବିବାହ କରି ନାହାନ୍ତି । ଏବେ ତାହାଙ୍କ ବିବାହ କାର୍ଯ୍ୟ ନିକଟ ହୋଇଥିବ । ଏହି ଗୃହ ସଂସ୍କାର ଏହି କଲ୍ୟାଣ ମଣ୍ଡପ ତାହାର ପରିଚୟ ଦେଉଅଛି ।" ୧୮୯୫ ସାଲ ଜୁଲାଇ ମାସର ତା ୭ ରିଖରେ ବିବାହ ସ୍ଥିର ହେଲା । ରାଜପୁତ ପାରସୀ ଓ ଇଉରୋପୀୟାନ ଭଦ୍ର ସନ୍ତାନମାନେ ବଳଭଦ୍ରସିଂହଙ୍କ ଦ୍ୱାରା ଆମନ୍ତ୍ରିତ ହୋଇ ତାହାଙ୍କ ଗୃହଠାରେ ଉପସ୍ଥିତ ଅଛନ୍ତି । ଏମାନଙ୍କ ସମକକ୍ଷରେ ହିନ୍ଦୁ ଧର୍ମାନୁସାରେ ବଳଭଦ୍ରସିଂହ କଳାବତୀଙ୍କ ପାଣିଗ୍ରହଣ କଲେ । ପରେ ସଭ୍ୟମାନେ ସମ୍ମାନିତ ହୋଇ ଅପଣା ଆପଣା ଗୃହକୁ ବାହାରିଗଲେ । କଳାବତୀ ତଦବଧି ଆନନ୍ଦରେ ନିଜ ପତି ସହିତ କାଳଯାପନ କରୁଥାନ୍ତି । ସର୍ବଦା ଖବରକାଗଜମାନ ପଢ଼ୁଥାନ୍ତି । ସମୟ ସମୟରେ ଧର୍ମପୁସ୍ତକମାନ ଅଧ୍ୟୟନ କରନ୍ତି ।

ଦିନେ କଳାବତୀ କୌତୁକରେ ପାରସୀ ସ୍ୱାମୀମାନଙ୍କର ଶୋଭା ସନ୍ଦର୍ଶନ କରି ଏମାନଙ୍କର ଇତିହାସ ଆପଣା ପତିଙ୍କୁ ପଚାରିବାରୁ ବଳଭଦ୍ରସିଂହ କହିଲେ ।

ବଳଭଦ୍ରସିଂହ-ଏହି ପାରସୀମାନେ ପାରସିକ ଆଦିମ ନିବାସୀମାନଙ୍କର ସନ୍ତତି ଅଟନ୍ତି । ଏମାନେ ପ୍ରାୟ ୧୨୦୦ ବର୍ଷ ତଳେ ସୁରଟଠାରେ ଉପନିବେଶ ସଂସ୍ଥାପନ କଲେ । ଏମାନେ ବଳ, ବୀର୍ଯ୍ୟ, ସୌନ୍ଦର୍ଯ୍ୟ ଓ ଇଂରାଜି ବିଦ୍ୟାରେ ଅନ୍ୟାନ୍ୟ ଜାତିମାନଙ୍କ

ଅପେକ୍ଷା ଉକ୍ରୁଷ୍ଟତର ଅଟନ୍ତି । ଏମାନେ ଦେଶ ପର୍ଯ୍ୟଟକ ଓ ପରିଶ୍ରମୀ । ବାଣିଜ୍ୟ କରିବା ଯୋଗୁଁ ଏମାନେ ଧନୀ ହୋଇଅଛନ୍ତି । ଅଗ୍ନିପୂଜା ଏମାନଙ୍କର ପ୍ରଧାନ ଧର୍ମ ।

ତଦ୍‌ବାଦ କଳାବତୀ ପ୍ରାୟ ବର୍ଷେୟାଏ ଆପଣା ପତିଙ୍କ ସହିତ ସୁଖରେ କାଳ କାଟିଲେ । କେତେବେଳେ ନଗର ଭ୍ରମଣ, ଆଉ କେତେ ବେଳେ ସଭାମାନଙ୍କରେ ଉପସ୍ଥିତ ହୋଇ ବକ୍ତୃତା ପ୍ରଦାନ କରୁଥାନ୍ତି । ହିନ୍ଦୁ ବାଳିକାମାନଙ୍କୁ ବିଦ୍ୟାଶିକ୍ଷା ଦେବାରେ ତାହାଙ୍କର ପ୍ରଧାନ ପଟୁତା ଥିଲା । ଏହି ବିଷୟ ଘେନି ବନ୍ଦରଖାରଙ୍କ ସହିତ ବୋମ୍ବେର ନାନା ସ୍ଥାନରେ ପ୍ରବେଶ ହୋଇ ବକ୍ତୃତା ପ୍ରଦାନ କରୁଥାନ୍ତି । ବାଳକ ଓ ବାଳିକାମାନଙ୍କୁ ଉତ୍ସାହ ଦେବାଲାଗି ଦିନେ ଦିନେ କଲେଜ ଓ ପାଠଶାଳାମାନଙ୍କୁ ଯାଇ ପୁରସ୍କାର ପ୍ରଦାନ କରୁଥାନ୍ତି । ଗରିବ ଛାତ୍ରମାନଙ୍କୁ ନିଜ ହସ୍ତରୁ ପୁସ୍ତକ, ବେତନ ଓ ବସ୍ତ୍ର ପ୍ରଦାନ କରୁଥାନ୍ତି । ଏହିପରି ଆନନ୍ଦରେ କାଳ କାଟୁଥିବା ସମୟରେ ବୋମ୍ବେ ନଟରରେ ପ୍ଲେଗ (ମହାମାରୀ) ଭୀଷଣାକାର ଧାରଣ କରି ବୋମ୍ବେ ନଗରକୁ ଅସ୍ତବ୍ୟସ୍ତ କରି ଦେଉଥିଲା । ଏହି ରୋଗର ଉପଶମନାର୍ଥେ ସ୍ଥାନୀୟ ଗଭର୍ଣ୍ଣମେଣ୍ଟ ଅନେକ ଉପାୟ ଚେଷ୍ଟା କରୁଥିଲେ । ବୋମ୍ବେ ଗଭର୍ଣ୍ଣର ମାନ୍ୟବର ସେଣ୍ଡହାର୍ଷ୍ଟ ସାହେବ ପରିଶ୍ରମ ସ୍ୱୀକାର କରି ଜନସାଧାରଣଙ୍କ ମଙ୍ଗଳ ଲାଗି ଆପେ କାର୍ଯ୍ୟ କରୁଥାନ୍ତି । ଏହି ରୋଗରେ ପୀଡ଼ିତ ହେବା ଲୋକଙ୍କୁ ସେଗ୍ରିଗେସନ୍ କେମ୍ପ୍‌କୁ ଘେନିଯାଇ ସେମାନଙ୍କୁ ଚିକିତ୍ସା କରାଉଥାନ୍ତି । କେତେ ଉପାୟ କଲେ ହେଁ ଏହି ରୋଗ ଉପଶମନ ହୋଇପାରିଲା ନାହିଁ । କ୍ରମଶଃ ଏହା ବୃଦ୍ଧିଲାଭ କରି ସମଗ୍ର ଭାରତକୁ କର କବିଲତ କରିବାକୁ ବାହାରିଲାପରି ପ୍ରତୀତ ଜନ୍ମାଇଲା ।

ଏହି ରୋଗର ପ୍ରାଦୁର୍ଭାବ ଏପରି ଥିବା ସମୟରେ ମଧ୍ୟପ୍ରଦେଶରେ ଏବଂ ମାନ୍ଦ୍ରାଜ ରାଜ୍ୟର କେତେକ ପ୍ରଦେଶରେ ଦୁର୍ଭିକ୍ଷ ଉପସ୍ଥିତ ହୋଇଥିଲା । ଏହ ଦୁର୍ଭିକ୍ଷ ଯୋଗୁଁ ଅନେକ ମରିଯାଉଥିଲେ । ପ୍ରଥମରେ ସ୍ଥାନୀୟ ଗଭର୍ଣ୍ଣମେଣ୍ଟ ଏଥି ବିଷୟରେ ଜାଗ୍ରତ ନେଇ ନଥିଲେ । ଯେତେବେଳେ ଦୁର୍ଭିକ୍ଷ ପ୍ରବଳ ହେଲା, ତେତେବେଳେ ଗଭର୍ଣ୍ଣମେଣ୍ଟ ଲୋକମାନଙ୍କୁ ଏହି ଦୁର୍ଭିକ୍ଷରୁ ରକ୍ଷା କରିବା ଲାଗି ନାନାପ୍ରକାର ଉପାୟ ଚେଷ୍ଟାକଲେ, ତଥାପି ଅନ୍ନାଭାବରୁ ମଧ୍ୟପ୍ରଦେଶରେ ଅନେକେ ମୃତ ହେଲେ । ଯେଉଁମାନେ ପ୍ରାଣରେ ଥିଲେ ସେମାନଙ୍କର କଙ୍କାଳମାତ୍ର ଅବଶିଷ୍ଟ ଥିଲା । ଦିନେ ଖାଇବାକୁ କିଛି ନ ମିଳିବା ହେତୁ କେତେ ଜଣ ଗୋଟିଏ ମୃତ ବ୍ୟାଘ୍ରର ମାଂସ ଖାଉଥିଲେ । ଏହି ଦୁର୍ଭିକ୍ଷ ସମୟରେ ଇଂଲଣ୍ଡ ସାହାଯ୍ୟ କରୁଥିବାର ଦେଖି ଆମେରିକା ଲୋକେ ମଧ୍ୟ ଏମାନଙ୍କ ଦୁଃଖ ସହ୍ୟ କରି ନପାରି ପ୍ରଚୁର ଧନ ପ୍ରଦାନ କରିଥିଲେ । ଏହା ଏପରି ଥାଉ ଥାଉ ପୁନା ନଗରରେ ଲୋକେ ପ୍ଲେଗ ରୋଗରେ ପୀଡ଼ିତ

ହୋଇ ପ୍ରତ୍ୟହ ଶତ ଶତ ମୃତ୍ୟୁମୁଖରେ ପଡୁଥାନ୍ତି । ଗୋରା ସିପାଇମାନେ ପୁନା ନଗରରେ ହିନ୍ଦୁ ସ୍ତ୍ରୀମାନଙ୍କୁ ବଳପୂର୍ବକ ଆକ୍ରମଣ କଲେ ବୋଲି ଗୋଟିଏ ପ୍ରବାଦ ଘଟିଥିଲା । କେତେଦିନ ପରେ ରେଣ୍ଡ ଓ ଏବରଷ୍ଟ ନାମକ ଦୁଇଜଣ ସାହେବ ସାୟଂକାଲ ଘ.୮ଷ୍ଟା ସମୟରେ ରାଜପଥଦେଇ ଯାଉ ଯାଉ ସେ ଦୁଇ ଜଣଙ୍କୁ କୌଣସି ଦୁରାତ୍ମା ମାରିପକାଇଲା । ସେ ଦୁଇ ଜଣରୁ ଜଣେ କିଲଟର ଓ ଆଉ ଜଣେ କର୍ଣ୍ଣେଲ । ଏହି ଦୁଇଜଣଙ୍କ ମରଣ ଭାରତକୁ ପ୍ଲେଗ ଓ ଦୁର୍ଭିକ୍ଷ ଅପେକ୍ଷା ଅନେକ ଅନିଷ୍ଟ ଘଟାଇଅଛି । ଏହି ଯୋଗୁଁ ନାତୁ ଭାଇମାନଙ୍କୁ ବନ୍ଦି ରଖିଥିଲେ ।

ଇତି ମଧ୍ୟରେ ପୁନା ଜନସାଧାରଣଙ୍କ ନେତା ଶ୍ରୀ ବାଳଗଙ୍ଗାଧର ତିଲକ, ତାହାଙ୍କର ମରହଟ୍ଟା ଖବରକାଗଜରେ ଇଂଲଣ୍ଡୀୟମାନଙ୍କୁ ଲକ୍ଷ୍ୟକରି ସେମାନଙ୍କ ବିରୁଦ୍ଧରେ କିଛି ଲେଖିଥିଲେ ବୋଲି ଏବଂ ଶିବାଜୀ ଉପଲକ୍ଷେ ଏହି ମହାତ୍ମା ପୁନାବାସିମାନଙ୍କୁ ବକ୍ତୃତା ପ୍ରଦାନ କରୁଥାନ୍ତି ବୋଲି ଏହାଙ୍କୁ ମଧ୍ୟ କାରାଗୃହ ପ୍ରାପ୍ତ ହୋଇଥିଲା ।

ଏଣେ ପୋଲିସ ଅନୁସନ୍ଧାନ ଲାଗିଥାଏ । କଳାବତୀ ଏହି ସମସ୍ତ ବିଷୟ ଖବରକାଗଜମାନଙ୍କରେ ପାଠକରି ଚିନ୍ତାରେ ମନ ଶୁଖାଇ ବସିଥାନ୍ତି । ଦିନେ ଦୁର୍ଭିକ୍ଷ ଉପଲକ୍ଷେ ବୋମ୍ବେ ନଗରରେ ଗୋଟିଏ ବୃହତ୍ ଅଧିବେଶନ ହୋଇଥିଲା । ସେଠାରେ କଳାବତୀ ନିଜ ପତିଙ୍କ ସହିତ ପ୍ରବେଶ ହୋଇଥିଲେ । ମଧ୍ୟପ୍ରଦେଶ ଅଧିବାସୀମାନଙ୍କୁ ସାହାଯ୍ୟ କରିବାଲାଗି ଚାନ୍ଦା ସଂଗ୍ରହ କରୁଥିବା ସମୟରେ କଳାବତୀ ଏବଂ ତାହାଙ୍କର ପତି ପ୍ରଚୁର ଧନ ପ୍ରଦାନ କରିଥିଲେ ।

ଚତୁର୍ଦ୍ଦଶ ପରିଚ୍ଛେଦ

ସଂସାର ସୁଖ କ୍ଷଣସ୍ଥାୟୀ ଏବଂ ଅଳିକ

କେତେକାଳ ପରେ ପୋଲିସ୍ ଅନ୍ବେଷଣରେ ଦାମୋଦର ରୂପକାର ଏବଂ ତାହାର ଭାଇ ରେଣ୍ଡ ଏବଂ ଏବରଷ୍ଟ ନାମକ ଦୁଇଜଣ ସାହେବଙ୍କୁ ପ୍ରାଣ ହତ୍ୟା କରିଅଛନ୍ତି ବୋଲି ସ୍ଥିର ହେଲା। ହାଇକୋର୍ଟ ବିଚାରରେ ଏହି ଦୁଇଭାଇ ଅପରଧୀ ହେବାରୁ ଏହାଙ୍କୁ ଫାଶୀ ଦିଆଗଲା। ତିଲକ ଛଅମାସ କାରାଗୃହରେ ରହିଲା ଉତ୍ତାରୁ ଭାରତୀୟ ଭଦ୍ରବ୍ୟକ୍ତିମାନଙ୍କର ପ୍ରାର୍ଥନାରେ ଦୟାଳୁ ଗଭର୍ଣ୍ଣମେଣ୍ଟ ତାହାଙ୍କୁ କାରାଗୃହରୁ ମୁକ୍ତ କରିଦେଲେ। ଭାରତ ଏପରି ବିପଦରେ ଅବସ୍ଥିତ ଥିବା ସମୟରେ ବଳଭଦ୍ର ସିଂହଙ୍କୁ ପ୍ଲେଗରୋଗ ଆକ୍ରମଣ କଲା। ଏହି ରୋଗରୁ ତାହାଙ୍କୁ ମୁକ୍ତ କରିବାଲାଗି କଳାବତୀ ଅନେକ ଧନ ବ୍ୟୟକରି ଶିକ୍ଷିତ ଡାକ୍ତରମାନଙ୍କୁ ଅଣାଇ ତାହାଙ୍କର ଚିକିତ୍ସା କରାଉଥିଲେ। ଆପଣା ପତିର ଦୁଃଖ ସହ୍ୟ କରି ନପାରି କଳାବତୀ ଅନାହାରରେ ଏବଂ ଅଶ୍ରୁପୂର୍ଣ୍ଣ ନୟନରେ ନିରତ ଈଶ୍ବର ଚିନ୍ତା କରୁଥାନ୍ତି; ପତି ସେବାରେ କଦାପି ତ୍ରୁଟି କରୁନଥାନ୍ତି। ସାତଦିନ ପରେ ବଳଭଦ୍ରସିଂହ ମାନବଲୀଳା ସମ୍ବରଣ କଲେ। ନିଜ ପତିର ମରଣରେ କଳାବତୀ ହତଚେତ ହେଲେ। ବାହ୍ୟଜ୍ଞାନ ହରାଇ ପଡ଼ିଥିବା ସମୟରେ ସେଠା ଭଦ୍ରବ୍ୟକ୍ତିମାନେ ତାହାଙ୍କ ନିକଟରେ ପ୍ରବେଶ ହୋଇ ତାହାଙ୍କ ଦୁଃଖ ଉପଶମନାର୍ଥେ ଅନେକ ସାନ୍ତ୍ବନା ଜନିତ ମତବାକ୍ୟମାନ କହିଲେ; ତଥାପି ତାହାଙ୍କ ଦୁଃଖ ଶାନ୍ତ ହେଲା ନାହିଁ। "ମୁଁ ଏପରି ହତଭାଗିନୀ ଯେ ଯୌବନାବସ୍ଥାରେ ପଦାର୍ପଣ କରିବା ସମୟରେ ମାତାପିତାଙ୍କୁ ପରିତ୍ୟାଗ କରି ସହଚରୀଙ୍କ ସହ ଦେଶ ଭ୍ରମଣ କରୁଥିଲି ସେ ମଧ୍ୟ ମୋ ଅଦୃଷ୍ଟକୁ ଚାହିଁ ମାନବଲୀଳା ପରିତ୍ୟାଗ କଲେ। ପରେ ସୁବିଦ୍ୱାନ୍ ଧନୀ ଓ ସତ୍କୁଳ– ପ୍ରସୂତ ପତିକୁ ପାଇ ସୁଖରେ କାଳଯାପନ କରିପାରିଲି ନାହିଁ। ଅଳ୍ପ କାଳରେ ସେ ମଧ୍ୟ ସଂସାର ସୁଖରେ ଜଳାଞ୍ଜଳି ପ୍ରଦାନ କରି ସ୍ବର୍ଗସୁଖ ଅନୁଭବ କରିବାଲାଗି ଯାଇଅଛନ୍ତି। ଏଣିକି ମୋ ଗତି କଅଣ ହେବ ?" ଏପରି ବିଳାପ କରି କରି ତନ୍ମନସ୍କ

ହୋଇ ଈଶ୍ୱରଙ୍କୁ ଧ୍ୟାନ କଲେ। ପରେ କଳାବତୀ ଆପଣା ପତିର ଅନ୍ତ୍ୟେଷ୍ଟିକ୍ରିୟା ସମାପନ କରି ତାହାଙ୍ଠାରେ ଯେତେ ଧନ ଥିଲା ତହିଁରୁ ବାଳିକାମାନଙ୍କ ବିଦ୍ୟା ବିଷୟରେ ଅଧେ ଧନ ପ୍ରଦାନ କଲେ। ଅବଶିଷ୍ଟ ଧନ ଦୁଃଖୀ ଦରିଦ୍ର ଦୁର୍ଭିକ୍ଷ ପୀଡ଼ିତ ବ୍ୟକ୍ତିମାନଙ୍କୁ ପ୍ରଦାନ କରିଦେଇ ସନ୍ନ୍ୟାସ ଧର୍ମ ଅବଲମ୍ୱନ କରିବାକୁ ଦୃଢ଼ ସଙ୍କଳ୍ପ କଲେ।

"ଏହି ସଂସାର କେବଳ ଦୁଃଖମୟ। ଏଥିରେ ଲେଶ ମାତ୍ର ସୁଖ ନାହିଁ। କାମ, କ୍ରୋଧ, ଦ୍ୱେଷ ଓ ହିଂସା ପ୍ରଭୃତିରେ ପୂର୍ଣ୍ଣ। ଏହି ସଂସାର ସୁଖ କେବଳ କ୍ଷଣସ୍ଥାୟୀ। ଏଥିରେ ଯେଉଁମାନେ ଭୁଲନ୍ତି ସେମାନେ ଯଥାର୍ଥ ସୁଖ ଜାଣନ୍ତି ନାହିଁ। ନାନା ଯନ୍ତ୍ରଣାରେ ପୀଡ଼ିତ ହୋଇ ପରେ ଅଶେଷ ଦୁଃଖ ଭୋଗ କରନ୍ତି। ସଂସାରରେ ଧନୀ, ଦରିଦ୍ର, ପଣ୍ଡିତ, ମୂର୍ଖ, ସୁଖୀ ଓ ଦୁଃଖୀ ଏହି ଯେଉଁ ପ୍ରଭେଦ ଅଛି ଏମାନଙ୍କର ଶେଷ ଦଶା ସମାନ। ଯେଉଁମାନେ ଏହି ସଂସାର ବିଷୟମାନଙ୍କୁ ତ୍ୟାଗକରି ସର୍ବଦା ଈଶ୍ୱର ଚିନ୍ତାରେ ନିମଗ୍ନ ଥା'ନ୍ତି ସେମାନେ ପ୍ରକୃତ ସୁଖୀ ଏବଂ ସେମାନଙ୍କ ଜନ୍ମ ଧନ୍ୟ। ଅତଏବ ଏହି ସଂସାରରେ ମୋହର କିଛି କାର୍ଯ୍ୟ ନାହିଁ। ଯାହା ଅନୁଭବ କରିବାକୁ ଥିଲା ତାହା ଶେଷ ହୋଇଅଛି। ସଂପ୍ରତି ଈଶ୍ୱର ଚିନ୍ତାରେ କାଳ କାଟିବି।" ଏହା ଚିନ୍ତାକରି ପରିଶେଷରେ ହିମବତ୍ ପର୍ବତର ଏକ ପାର୍ଶ୍ୱରେ ବସି ଯୋଗାଭ୍ୟାସରେ କାଳାତିପାତ କଲେ।

BLACK EAGLE BOOKS

www.blackeaglebooks.org
info@blackeaglebooks.org

Black Eagle Books, an independent publisher, was founded as
a nonprofit organization in April, 2019. It is our mission to
connect and engage the Indian diaspora and the world at large
with the best of works of world literature published on a
collaborative platform, with special emphasis on
foregrounding Contemporary Classics and New Writing.